*Jessica Jenett wurde am 21.05.1996 in Heide geboren. Schon früh entdeckte sie ihre Liebe zu Büchern. Beim Lesen eines Buches versetze ich mich in eine komplett andere Welt, sagt sie. Zu ihren Lieblingsautoren zählen Sebastian Fitzek und Simon Beckett. Nun veröffentlicht sie selbst ihr erstes Taschenbuch.*

Jessica Jenett

# Spiel nicht mit dem Tod

www.tredition.de

# Impressum

Verlag: tredition GmbH, Hamburg
ISBN: 978-3-8491-1861-7
Printed in Germany

# 1

Klick, klick, klick. Kate rannte die Straße entlang. Es herrschte eine unheimliche Stille. Nur das Geräusch ihrer Schritte war zu hören. Klick, klick, klick. Ihre Absätze trafen mit jedem Schritt auf den harten Asphalt. Klick, klick, klick. Sie wurde immer schneller. Ich schaff es nicht mehr ging es ihr immer wieder durch den Kopf. Damit lag sie richtig. Sie war schon fünfzehn Minuten zu spät. So ein Mist. Dabei hatte sie Ben hoch und heilig versprochen diesmal pünktlich zu sein. Ihr fiel die Tasche herunter und sie fing an zu fluchen. Sie war den ganzen Tag schon so im Stress. Heute war Freitag und das Reisebüro war überfüllt gewesen. Kate hatte ununterbrochen zu tun gehabt und die Zeit dabei total vergessen. Seit fünf Jahren arbeitet sie nun schon dort. Das Reisebüro gehörte ihrem Onkel, deshalb

war ihr auch schon ziemlich früh klar gewesen, dass sie dort später einmal arbeiten würde. In ihrer Kindheit ist sie oft
mit ihren Eltern verreist. Sie fand es immer total aufregend, in andere Länder
zu reisen und fremde Städte zu erkun-
den. Aus genau diesem Grund, hatte sie
auch beschlossen, einmal hier zu arbeiten. Es bereitete ihr unglaublich viel
Freude, zu sehen, wie sich die Kunden
über die möglichst günstige und schöne
Reise freuten, die sie ihnen heraus gesucht hatte. Doch heute war wieder einer dieser Tage, wo sie ihren Job hasste.
Ihr war schon beim Hereinkommen des
Mannes klar gewesen, dass er einer dieser besonders schwierigen Kunden war.
Und genau das war er auch. Entweder
war ihm die Reise zu teuer, der Pool des
Hotels zu klein oder das Reiseziel stimmte auf einmal nicht mehr. Genau wegen
diesem Mann, saß Kate mal wieder viel
zu lange hinter ihrem Schreibtisch. Sie
hatte sich gerade möglichst freundlich
von ihm verabschiedet, da rannte sie
auch schon zu ihrem Wagen. Sie hatte

noch so viel zu tun. Auf dem Rückweg wollte sie eigentlich noch einkaufen, doch das konnte sie jetzt vergessen. Zuhause warf sie sich schnell ihr Sommerkleid über und schmiss ihr Handy in ihre Handtasche. Dann war sie auch schon auf dem Weg. Jetzt hatte sie Bens Haus schon fast erreicht. Er wohnt nur zwei Straßen weiter. Einer der Gründe, weshalb sie sich fast jeden Tag sahen. Er war ihr bester Freund und das schon seit der Schulzeit. Sie liebte es nach Feierabend mit ihm im Garten zu sitzen und einfach all den Stress zu vergessen. Doch heute war etwas anderes geplant. Vom weiten konnte sie schon die Musik hören. Sie sah eine Gruppe von Leuten, die in Bens Garten standen und erkannte Ben. Er winkte ihr zu und kam ihr entgegen gelaufen. Er trug ein grünes T-Shirt und eine kurze Hose. Seine kurzen schwarzen Haare hingen ihm, wie jeden Tag, total zerzaust im Gesicht. Außerdem bewunderte Kate jedes mal wieder seinen großen schlanken Körper.

>>Hey Kate, wir dachten schon alle du

kommst nicht mehr.<< Er lächelte sie an.

>>Mal wieder Stress im Büro.<< Kate lächelte zurück. Stress kannte Ben gar nicht. Selbst in den stressigsten Situationen blieb er total ruhig. Das war schon immer so. Eine Eigenschaft, die Kate auch gerne hätte. Ben arbeitet als Immobilienmakler. Sie wusste, dass er immer davon geträumt hatte, zur Polizei zu gehen. Doch seine Eltern hatten ihm oft in seine Pläne herein geredet. Irgendwann war er selbst davon überzeugt, dass er nicht für diesen Job geeignet wäre. Doch Kate hatte immer an ihn geglaubt und ist immer noch davon überzeugt, dass er es geschafft hätte.

>>Komm, wir gehen zu den anderen.<< Sie gingen beide in den Garten, in dem schon Daniel, Nick, Jane und Lara warteten. Jane und Nick kannte Kate auch schon seit der Schulzeit. Jane war Kates beste Freundin. Sie ist ziemlich klein und etwas übergewichtig, doch sie war trotzdem hübsch. Sie hatte langes braunes Haar, um das Kate sie schon immer be-

neidete. Sie arbeitet als Tierärztin und ist in ihrem Beruf ziemlich erfolgreich. Nick ist Janes Bruder. Wenn Kate nicht wüsste, dass sie Geschwister sind, würde sie es allerdings niemals glauben. Nick war das genaue Gegenteil von Jane. Er war groß und schlaksig und hatte leicht rötliches Haar. Sein ganzes Gesicht war voller Sommersprossen, weshalb er noch immer ziemlich kindlich aussah. Er war Altenpfleger und ging völlig auf in seinem Beruf. Kate fand es war ein viel zu harter Job, doch Nick lebte förmlich dafür. Die beiden waren die ersten, die Kate begrüßten.

>>Hey Süße, wie geht es dir?<< Jane nahm sie in den Arm und drückte sie fest.

>>Hast du es auch mal geschafft?<< Nick musste gleich wieder Sprüche klopfen und grinste Kate belustigt an. >>Mensch lass sie doch mal. Komm ich muss dir so viel erzählen.<< Jane verteidigte sie und zog sie mit sich weiter, in den Garten hinein. Ben hatte den ganzen Garten dekoriert. Vor seiner Garage

standen zwei Boxen, aus denen laute Musik dröhnte. Er hatte Girlanden über die Bäume gehängt und selbst Luftballons lagen in der Garage herum. Kate fühlte sich wie auf einem Kindergeburtstag.

>>Das hatte ich alles noch in der Garage liegen.<< Ben schien Kates skeptischen Blick bemerkt zu haben und versuchte sich zu rechtfertigen. Dann kamen auch Daniel und Lara. Kate konnte sich schon vom Weiten über Lara aufregen. Sie mochte sie nicht sonderlich. Lara war Daniels Freundin und auch nur deshalb dabei, wenn sie sich trafen. Sie hatte Modellmaße und langes blondes Haar, ein makelloses Gesicht und trug immer die teuersten und schönsten Kleider und Röcke. Kate musste zugeben, dass sie wirklich hübsch aussah. Doch genau das wusste Lara auch. Im stolzierendem Modellgang  kam sie auf Kate zu.

>>Hallo Kate, lange nicht gesehen.<< Ihre Freundlichkeit kam ziemlich aufgesetzt rüber, doch das war sie bereits ge-

wohnt.

>>Schön dich wiederzusehen.<< Auch Daniel begrüßte sie jetzt. Er war Bens Kumpel. Doch die beiden hätten nicht unterschiedlicher sein können. Er war ziemlich muskulös und der totale Weiberheld. Sie wunderte sich schon seit langem, dass es mit Lara so lange hielt. Seine Haare waren immer zurückgegelt und er trug so gut wie immer eine Sonnenbrille. Er arbeitet in dem selben Maklerbüro wie Ben. Lara lebte von seinem Geld. Noch etwas, was Kate nicht an ihr mochte. Daniel fand sie allerdings cool. Er war immer ziemlich lustig, auch wenn er ein kleiner Macho war. Sie liebte ihre Freunde und fragte sich, ob es nicht manchmal etwas Eifersucht war, was sie Lara hassen lies. Sie selbst war nämlich nicht gerade die größte. Ihre Haare waren nur mittellang und wollten ab einer bestimmten Länge einfach nicht weiterwachsen. Eine gute Figur hatte sie, doch trotzdem war sie mit ihrem Aussehen nicht ganz zufrieden. Sie verglich sich einfach zu oft mit anderen Leuten.

>>So, dann können wir ja jetzt endlich anfangen.<< Ben packte Kate am Arm und zog sie zum großen Tisch, der in der Mitte des Gartens stand. Auch die anderen nahmen Platz.

>>Anfangen? Womit denn?<< Sie war verwirrt.

>>Heute ist Spieleabend.<< Daniel schrie freudig auf und holte einen Karton. Kate war begeistert. Sie war immer offen für etwas Neues und das hörte sich doch nach einer Menge Spaß an.

>>Das erste Spiel ist extra für dich.<< Daniel hatte ein breites Grinsen im Gesicht und schob Kate den Karton herüber. Sie nahm das Spiel und drehte es um. Die Rückseite hörte sich äußerst merkwürdig an.

FINDEN SIE HERAUS, WER IHNEN ZU IHREM GLÜCK NOCH FEHLT.
WIR SAGEN ES IHNEN UND ERLEICHTERN DIE ENDLOSE SUCHE.
PACKEN SIE EINFACH ALLE BUCHSTABENKÄRTCHEN IN DEN BEUTEL UND

ZIEHEN SIE DIESE IN DER REIHENFOL-
GE HERAUS, DIE IHR HERZ IHNEN ZEI-
GEN WIRD.
DANN WERDEN DIE KÄRTCHEN NACH-
EINANDER AUF DAS SPIELBRETT GE-
LEGT UND DER NAME IHRES ZUKÜNFTI-
GEN ERSCHEINT.
JETZT MÜSSEN SIE SICH NUR NOCH
AUF DIE SUCHE MACHEN.

>>So ein Quatsch.<< Kate gab Daniel
den Karton zurück.
>>Ist doch egal, dass wird bestimmt
lustig.<< Daniel interessierte das nicht
und war schon damit beschäftigt, dass
Spiel wie beschrieben aufzubauen. Zum
Schluss steckte er alle Karten in den
Beutel und reichte ihn Kate.
>>Los zieh schon.<< Kate wollte den
anderen nicht den Spaß verderben und
fing an Kärtchen aus dem Beutel zu ziehen. Alle schauten ihr gespannt zu. Sie
zog dreizehn Karten aus dem Beutel,
dann gab sie ihn Daniel zurück.
>>So, mein Herz sagt das genügt.<<

Kate musste grinsen. Sie fing an die dreizehn Karten nacheinander auf das Spielbrett zu legen. Alle saßen mit weit geöffneten Augen dort. Keiner sagte etwas. Das konnte nicht wahr sein. Daniel war der erste, der die unheimliche Stille durchbrach.

>>Wow, ich hätte nicht gedacht, dass das echt funktioniert.<< Selbst er war erstaunt.

>>Das gibt es nicht. Gib es zu,dass hast du so eingefädelt.<< Kate zeigte auf Daniel und wurde wütend.

>>Hey, ich war das nicht, ehrlich.<< Daniel kam wirklich überzeugend rüber.

>>Okay, dann wird das wohl der Name deines Zukünftigen sein.<< Jetzt meldete sich auch Nick zu Wort.

>>Also mir reicht es, ich werfe jetzt das Fleisch auf den Grill.<< Ben glaubte nicht an den Quatsch und machte sich gut gelaunt auf den Weg in die Garage, um das Fleisch zu holen. Auch die anderen wanden sich ab und mussten jetzt lachen. Wie alt waren sie, dass sie sich von einem Spiel Angst einjagen ließen.

Kate lachte zwar mit, doch als sie noch einen Blick auf das Brett warf, lief ihr ein kalter Schauer über den Rücken. Dort stand in großen Buchstaben
 PHILLIP ALBERS.

# 2

Der Rest des Abends verlief ohne weitere Vorfälle. Kate wusste nicht, wann sie das letzte mal so einen Spaß hatte.

>>Wer will noch eine Runde?<< Nick rief laut und hatte bereits einen ganz roten Kopf vom Lachen. Das war jetzt schon die dritte runde Tabu. Alle lachten und die Stimmung war total ausgelassen. Kate hätte nie gedacht, dass sie einmal über das selbe wie Lara lachen würde, doch die wurde ihr an diesem Abend richtig sympathisch.

>>Habt ihr das gehört?<< Jane war die erste, die hochschreckte. Sie schaute sich ängstlich um. Die anderen horchten jetzt auch auf. Kate war die nächste, die es auch wahrnahm. Es hörte sich an wie ein Tier.

>>Da kommt ein Zug.<< Ben blieb ganz ruhig. Die Bahnschienen liefen direkt

hinter Bens Haus entlang. Nur eine dichte Hecke trennte seinen Garten von den Schienen. Er war es gewohnt, dass es mal lauter werden konnte.

>>Nein, das ist kein Zug. Es hört sich an wie ein Tier.<< Jane dachte das gleiche wie Kate. Sie lauschten weiter. Kate wurde immer nervöser. Nein es war kein Tier. Jetzt war sie sich total sicher. Das Geräusch war der Schrei eines Menschen. Dann hörte sie auch schon den Zug vom Weiten anbrausen.

>>Da ist jemand! Wir müssen ihm helfen!<< Kate geriet richtig in Panik und sprang ruckartig auf.

>>Hey, beruhige dich. Es ist bestimmt nur ein Tier, was dort feststeckt oder so.<< Ben zog sie auf die Bank zurück und sprach ruhig auf sie ein. Er baute das Spielbrett für einen neue Runde auf. Da war der Zug auch schon kurz vor Bens Haus. Der Schrei wurde auf einmal unerträglich laut und der Zug donnerte hinter dem Haus entlang. Kate hielt sich die Ohren zu, so qualvoll hörte sich das Geräusch an. Auch die anderen schauten

sich alle mit entsetzten Blicken an. Sekunden später war alles totenstill.

>>Was war das?<< Jane war die erste, die wieder sprach. Sie war total aufgelöst und zitterte sogar ein wenig vor Angst.

>>Ich weiß es nicht.<< Selbst Daniel hatte die Augen immer noch weit aufgerissen und sah ganz blass aus.

>>Ich schätze mal, da wurde ein Tier überfahren.<< Ben wand sich wieder dem Spielbrett zu und war dabei es weiter aufzubauen. Wie konnte er nur so gelassen sein? Das reichte Jane.

>>Du denkst also ein Tier schreit so qualvoll wie ein Mensch?<< Sie war total fertig und fing an zu schreien.

>>Beruhige dich. Warum sollte hier ein Mensch überfahren werden?<< Kate ging zu ihr und nahm sie tröstend in den Arm. Sie zitterte noch immer und Kate spürte wie viel Angst sie hatte.

>>Ja, ihr habt ja recht. Ich habe etwas überreagiert.<< Jane setzte sich wieder aufrecht hin und versuchte sich zu kontrollieren.

>>Oder es war Phillip Albers, der sich vor den Zug geworfen hat, weil du ihn nicht wolltest.<< Daniel hatte wieder beste Laune und fand sich ziemlich witzig. Kate schaute ihn böse an und wurde wütend.

>>Das ist nicht lustig. Jane geht es echt nicht gut.<< Er hörte auf zu lachen. Die Stimmung war getrübt und Daniel merkte, dass seine Witze jetzt nicht angebracht waren.

Der ganze Abend verlief nicht mehr so gut, wie er begonnen hatte.

>>Wir werden denn auch mal gehen.<< Nick und Jane standen auf. Die letzte Spielrunde hatten sie noch beendet und es war bereits spät geworden.

>>Ja, wir wollen denn auch mal.<< Auch Lara und Daniel standen auf. Alle zusammen machten sie sich auf den Weg zu ihren Autos. Ben und Kate folgten ihnen. Sie bereute es, nicht auch mit dem Auto gekommen zu sein. Sie wohnte zwar gleich dort hinten, aber es war

schon ziemlich dunkel geworden. Alle saßen in ihren Wagen und waren startbereit und auch Kate wollte gerade los gehen, als Daniel ihr nachgelaufen kam. >>Halt warte kurz!<< Er holte sie ein und trug einen Umschlag bei sich. >>Das sollte ich dir noch von Nico geben.<< Er grinste sie an. Kates Laune war sowieso nicht gerade die beste, doch das brachte sie echt zum Ausrasten. Hatte Nico es noch immer nicht verstanden? Er arbeitet bei Ben und Daniel in der Firma. Als Kate die beiden vor ein paar Monaten von der Arbeit abholte, lernte sie ihn kennen. Er machte ihr sofort Komplimente und fragte sie, wie es denn sein könne, dass so eine hübsche Frau noch Single sei. Kate freute sich im ersten Moment über so viel Lob, doch irgendwann wurde er zu aufdringlich. Außerdem war Nico eindeutig nicht ihr Typ. Er war klein, dick und trug eine dicke Hornbrille. Seine Haare versuchte er genau wie Daniel zu tragen, was ihm jedoch etwas misslungen war. Er sah dadurch ziemlich ungepflegt aus. Sie hatte ihn jetzt schon seit ein paar Wochen nicht gesehen und war nicht gerade traurig darüber. Doch die Briefe hörten einfach nicht auf. Sie waren in der Post oder sogar vor ihrer Haustür. Er hatte wohl im Telefonbuch ihre Adresse gefunden. Und jetzt schickte er sogar Daniel damit los? Sie hatte noch nie geantwortet. Was erwartete er denn von ihr? Sie konnte es immer noch nicht glauben.

>>Ich wollte ihn wegwerfen, war mir aber nicht sicher, ob du ihn nicht vielleicht doch lesen willst.<< Daniel hielt ihr immer noch den Umschlag hin und schaute sie fragend an.

>>Ich werde ihn mir mal ansehen. Danke.<< Sie nahm den Umschlag und wollte weiter gehen.

>>Das wird schon Kate. Ich kann verstehen, dass du genervt bist.<< Daniel legte ihr kurz den Arm über die Schulter und versuchte sie aufzumuntern. Sie lächelte zurück. Dann machte er kehrt und lief zurück zu seinem Wagen, wo Lara schon genervt wartete.

LIEBE KATE,

ICH HABE DICH SCHON LANGE NICHT
MEHR GESEHEN.
HAST DU NICHT LUST MAL ETWAS MIT
MIR ZU UNTERNEHMEN?
ICH LADE DICH ZUM ESSEN EIN.
WAS IMMER DU WILLST.
ICH WÜRDE MICH FREUEN.
MELDE DICH DOCH MAL.

LIEBE GRÜßE DEIN NICO

Kate zerknüllte den Brief und steckte
ihn in ihre Tasche. Sie hatte ihn heraus
geholt, sobald Daniel fort war. Neugierig
war sie ja doch gewesen. Er wird wohl
niemals aufgeben dachte sie sich und
stieß einen lauten Seufzer aus. Es wurde
immer dunkler und sie wollte einfach nur
nachhause. Die Straßenlaternen verlie-
hen der Straße ein unheimliches Schim-
mern. Kate fröstelte. Nur noch ein paar

Meter, dann würde sie zuhause sein. Da hörte sie ein Rascheln. Sie blieb stehen und drehte sich um. Ein Tier dachte sie sich und setzte sich wieder in Bewegung. Doch sie hörte es noch einmal. Diesmal blieb sie nicht stehen, sondern wurde schneller. Warum war sie nur so durcheinander, dass sie sich von einem einfachen Tier erschrecken lies? Sie kam sich kindisch vor. Doch das Rascheln klang diesmal näher. Es verfolgte sie etwas. Sie konnte nicht anders und fing an zu rennen. Sie wurde immer schneller und schneller, bis ihre Lunge anfing zu brennen. Sie war so gut wie zuhause, als sie über einen Stein stolperte. Ihre Tasche fiel zu Boden und der gesamte Inhalt verteilte sich auf der Straße. Im Licht der Straßenlaterne, versuchte sie alles wieder einzusammeln und rannte so schnell sie konnte weiter. An ihrer Auffahrt angekommen, wurde sie endlich etwas langsamer. Ihr Atem beruhigte sich ein wenig und ihre Lunge brannte nicht mehr so sehr. Immer noch ganz fertig, wühlte sie in ihrer Tasche. Ihr

Herz blieb stehen. Wo war ihr Haustür-schlüssel? Er musste ihr aus der Tasche gefallen sein. Sie ärgerte sich über sich selbst und schlug sich die Hand auf die Stirn. Sie musste noch einmal zurück. Langsam ging sie die Auffahrt wieder herunter und schaute nach rechts und links. Dort war niemand. Vom Weitem konnte sie die Laterne sehen, an der ihr die Tasche heruntergefallen war. Nur ein paar Meter trennten sie von dem schummrigen Licht . Sie könnte sich be-eilen. Es blieb ihr eigentlich gar keine andere Möglichkeit. Sie rannte wieder zurück. Nach ein paar Schritten, sah sie schon etwas glitzerndes auf dem Boden. Es war ihr Schlüssel. Sie bückte sich und wollte schon wieder umdrehen, als sie innehielt. Langsam schaute sie zu der Stelle zurück, an der ihr Schlüssel lag. Das Licht schien auf etwas schwarzes. Es war ein Vogel. Er war tot und lag auf der Straße. Nichts außergewöhnliches sagte sich Kate. Er ist wahrscheinlich von ei-nem Auto oder einer Katze erwischt wor-den. Sie wollte sich beruhigen, doch ein

Gedanke ging ihr nicht mehr aus dem Kopf. Der Vogel lag vorhin noch nicht dort. Sie hätte ihn doch sehen müssen, als sie ihre Sachen zurück in ihre Tasche gepackt hatte. Sie warf noch einen letzten Blick auf den Vogel, als ihr noch etwas viel schrecklicheres auffiel. Der Vogel lag auf der Seite. Man konnte von vorne noch sein struppiges Gefieder sehen. Doch von der anderen Seite erkannte sie, dass etwas fehlte. Sein Rücken war abgetrennt. Man konnte in den Körper des toten Vogels hinein sehen. Das konnte unmöglich eine Katze so genau abgetrennt haben. Der Rest des Vogels war nicht verletzt. Kate war erschrocken, weil sie wusste, was passiert sein musste. Der Rücken muss mit einem scharfen Gegenstand, wie einem Messer abgetrennt worden sein. Aber wer macht so etwas? Und wo war derjenige jetzt? Sie konnte einfach nicht mehr. Von Panik gepackt, rannte sie nachhause und überprüfte dreimal, ob die Haustür auch wirklich abgeschlossen war. Dann warf sie sich im Wohnzimmer aufs Sofa und verkroch sich unter einer Decke.

>>Kate, alles wird gut.<< Ben sprach beruhigend auf sie ein. Sie hatte ihn sofort angerufen, nachdem sie sich wieder unter der Decke hervorgetraut hatte. >>Aber wer macht denn so etwas?<< Sie war immer noch total panisch und saß in ihrem Wohnzimmer. >>Und du bist dir ganz sicher ,dass es keine Katze war?<< Ben blieb immer noch ruhig. >>Nein, warum sollte eine Katze den Rücken sauber abtrennen und den Vogel dann dort liegen lassen? Ben es muss ein Messer gewesen sein. Da war jemand hinter mir!<< Kate lies sich einfach nicht beruhigen und steigerte sich immer mehr in ihre Geschichte hinein. >>Vielleicht hast du die Katze gestört, als du noch einmal zurück gekommen bist. Da ist niemand hinter dir her. Du musst dir wirklich keine Sorgen machen.<< Vielleicht hatte Ben Recht. Viel-

leicht reagierte sie wirklich nur etwas über. Der ganze Stress im Job und dann noch der heutige Abend.

>>Vielleicht hast du Recht.<< Kate gab nach und kam sich etwas albern vor.

>>Na siehst du. Am besten du gehst jetzt schlafen, das wirst du dringend brauchen. Oder soll ich nochmal vorbei kommen?<< Das war typisch Ben. Kate musste lächeln. Er war wirklich immer für sie da.

>>Nein, das ist lieb von dir, aber ich schaff das schon.<< Sie verabschiedete sich und legte auf.


Ben saß in seiner Küche und stützte den Kopf in seine Hände. So kannte er Kate gar nicht. Er war gerade dabei ge-wesen alles in die Garage zu bringen, als Kate ihn angerufen hatte. Seine beste Freundin war immer so stark und ließ sich nie von irgendetwas erschrecken. Was war heute nur mit ihr los? Sie tat ihm so leid. Er musste sich etwas einfal-len lassen. Und da hatte er auch schon den perfekten Einfall. Wie gut ,dass Wochenende war. Morgen würde er Kate abholen und ihre Angst wird wie weggeblasen sein. Er schleppte den letzten Tisch in die Garage und ging dann hinein. Er war tot müde und wollte nur noch schlafen. Für morgen war alles gut durchdacht und er war sehr zufrieden mit sich.

# 3

Es war dunkel in der kleinen Hütte. Ein paar Kerzen waren die einzige Lichtquelle. Es roch modrig und die Feuchtigkeit drang bereits durch die Wände. Es war dort ziemlich ungemütlich und heruntergekommen. Doch er fühlte sich hier einfach wohl. Mehr brauchte er nicht, um zufrieden zu sein. Er saß an einem kleinen Tisch, der direkt in der Mitte des Raumes stand. Er war so ziemlich der einzige Einrichtungsgegenstand, den es hier überhaupt gab. Er beugte sich nach vorne und fing an zu lachen. Er hatte allen Grund dazu, denn alles war genau nach Plan gelaufen. Kate war in Panik geraten. Mehr wollte er erst einmal gar nicht erreichen. Der Vogel war schon die richtige Idee gewesen. Er lobte sich selbst und bastelte bereits an seinem nächsten Vorhaben. Wenn ihr Freund Ben nicht da

wäre, dann würde alles viel schneller gehen. Keiner der sie beruhigt hätte und
sie wäre bereits jetzt schon da, wo er sie
hin treiben würde. Na ja dann würde es
halt etwas länger dauern. Obwohl wenn
er Glück hatte, würde Ben sie morgen
genau dort hin führen, wo er bereits seinen nächsten Erfolg geplant hatte. Er
dachte laut nach, als ein dumpfes Geräusch aus dem einzigen Nebenraum der
Hütte ertönte.

>>Hab ich dir nicht gesagt du sollst leise
sein?<< Er stand auf und ging wütend
zum Nebenraum herüber. Langsam öffnete er die Tür und schaute, ob sie
schon wach geworden war. Ja er hatte
recht. Dort saß sie mit weit aufgerissenen Augen und starrte ihn böse entgegen.

>>Was guckst du denn so grimmig?<<
Jetzt musste er lachen.

>>Hast du etwa Schmerzen? Das ist
nicht mein Problem. Du wirst noch früh
genug merken, dass es besser ist nach
meinen Regeln zu spielen. Dein Arm
oder sagen wir eher das, was von ihm

übrig geblieben ist, muss dringend versorgt werden. Wenn ich das nicht tue,
wirst du deinen Mann und deine Kinder
wohl leider nicht wieder sehen.<< Er
grinste immer noch und schaute jetzt
auf ein weinendes Häufchen Elend her-
ab. Er war ein paar mal um sie herum
gelaufen, während er mit ihr sprach. Sie
saß in der Mitte des Raumes und war mit
einer Hand an ein altes Abwasserrohr,
was über ihr aus der Decke ragte gebunden. Der andere Arm hing schlaff herunter. Oder eher das, was von ihm übrig
geblieben war. Es waren noch ein paar
übrig gebliebene Fleischfetzen und ein
paar Sehnen und Nerven. Eine Blutlache
hatte sich unter ihr gebildet, obwohl er
ihren Oberarm abgebunden hatte. Sie
konnte hier unmöglich ausbrechen und
das wusste sie auch. Auch ihr Mund war
mit Klebeband zugeklebt. Er hatte es gemacht, als sie nicht aufhören wollte zu
schreien. Jetzt würde sie alles dafür geben, um den ekligen Geschmack des bereits durchweichtem Band los zu werden.
Ihre langen schwarzen Haare klebten an

ihrem Gesicht. Schweiß rann ihr die Stirn und den Rücken herunter und das roch man auch.

>>Ich muss jetzt los. Noch ein paar Sachen besorgen. Wenn du ruhig bist und dich an meine Regeln hältst, bringe ich dir vielleicht etwas zu Essen und zu Trinken mit.<< Er hätte sie natürlich auch verhungern lassen können, aber das wäre zu schade gewesen. Er brauchte sie ja schließlich noch. Er verließ den Nebenraum und riegelte ihn wieder ordentlich ab. Dann blies er die Kerzen aus und schloss auch die Hütte zu. Es hatte stark geregnet, sodass er sich einen schlammigen Weg, bis zu seinem Wagen entlang kämpfen musste. Er war froh, den alten Geländewagen seines Großvaters zu besitzen. Mit seinem alten Wagen hätte er sich wahrscheinlich festgefahren. Von innen war der ganze Wagen bereits total verdreckt, doch hier würde ihn eh niemand finden. Die Hütte hatte ebenfalls mal seinem Großvater gehört und lag in einem abgelegenen alten Waldstück. Er hatte den Weg hinter sich

gebracht und fuhr auf die Straße. An der Einfahrt zum Waldstück stand ein großes Schild mit der Aufschrift PRIVAT. Es würde ihn schon keiner finden. Er machte sein Radio an und summte leise zur Musik. Er freute sich bereits auf seinen nächsten Plan und war sich schon ziemlich siegessicher.

# 4

Kate lief durchs hohe Gras. Sie suchte etwas. Was genau wusste sie nicht. Immer wieder blieb sie stehen und schaute sich um. Hier muss es doch irgendwo sein. Sie wusste nicht warum, aber sie hatte Angst. Hier war irgendwas, dass spürte sie. Sie lief weiter an Bahnschienen entlang. Das hohe Gras streifte ihre Beine. Schließlich sah sie etwas weißes. Es lag direkt neben den Schienen, vom Gras versteckt. Kate rannte hinüber und hob es auf. Ihr Herz raste. Sie konnte nicht glauben, was sie dort in der Hand hielt. Es war ein weißer Turnschuh. Sie wusste genau, was das bedeutete. Es muss doch gestern jemand hier gewesen sein. Sie wurde immer panischer und wusste nicht, wohin sie gehen sollte. Sie wollte sich gerade umdrehen und nachhause rennen, als sie ein Tippen auf ihrer

Schulter spürte. Sie zuckte zusammen und schrie auf. Langsam drehte sie sich um und wollte nur noch eins, wegrennen! Vor ihr stand eine große Gestalt. Es war ein Mann, stellte Kate fest. Doch was war mit ihm passiert? Ihm lief Blut den ganzen Körper herunter. Es lief aus offenen Platzwunde, von denen er unheimlich viele hatte. Seine Klamotten waren nur noch Fetzen und hingen zusammen mit ein paar aufgerissenen Fleischwunden an seinem Körper herunter. Er fing an zu röcheln und zu husten. Kate war gelähmt vor Angst. Dann begann er mit ihr zu sprechen.

>>Warum hast du mir nicht geholfen? << Der Mann trat immer näher auf sie zu.

>>Wer sind sie und was wollen sie von mir?<< Kate fand ihre Stimme wieder und wich ein kleines Stück zurück.

>>Du hast meine qualvollen Schreie gehört, doch du hast mir nicht geholfen.<< Alles begann schwarz zu werden und Kate befürchtete, das Bewusstsein zu verlieren. Sie wusste sofort, dass er vom

gestrigen Abend sprach.

>>Ich dachte es wäre ein Tier. Bitte lassen sie mich in Ruhe. Ich hätte ihnen doch geholfen.<< Jetzt wurde der Mann noch wütender.

>>Helfen? Das ich nicht lache. Du hast mich verraten und alleine gelassen. Dabei hätten wir doch so eine schöne Zukunft haben können.<< Jetzt verstand Kate gar nichts mehr. Wer bitte war dieser Mann und warum will er ausgerechnet an ihr Rache nehmen?

>>Ach du weißt noch nicht einmal wer ich bin? Das ist echt traurig. Dann muss ich mich wohl vorstellen. Ich bin Phillip Albers.<< Jetzt verstand Kate alles. Sie wusste, dass etwas nicht mit rechten Dingen zu ging, aber das übertraf alles. Warum hatte sie sich nur auf dieses dumme Spiel eingelassen? Jetzt war sie in Schwierigkeiten und war sich nicht sicher, ob sie das überleben würde.

>>Du wolltest mich nicht und weißt du was jetzt passiert?<< Der Mann blieb kurz stehen und griff in seine Hosentasche. Er zückte ein Messer heraus, wel-

ches in der Sonne glitzerte.

>>Ich werde nicht mehr leben, also musst du mit mir sterben.<< Das waren seine letzten Worte, dann rannte er auch schon los. Er schmiss sich auf Kate und riss sie zu Boden.  Kate schrie und trat wild um sich, doch der Mann war viel zu stark. Er hatte sie so im Griff, dass sie sich nicht mehr bewegen konnte. Dann spürte sie auch schon die Kälte der scharfen Klinge an ihrer Kehle.


NEEEEIIIINNN. Kate schreckte hoch. Sie war klatschnass und ihr Herz drohte aus ihrer Brust zu springen. Entsetzt schaute sie sich um und befand sich in ihrem Schlafzimmer. Was war passiert? Sie griff sich ruckartig an den Hals. Keine Schnittwunde oder andere Verletzungen. Es war wirklich nur ein Traum. Erleichterung machte sich in ihr breit, doch die Angst wollte nicht verschwinden. Der Traum hatte so real gewirkt. Mit zittrigen Knien stand sie auf und ging ins Badezimmer. Sie schaute in den Spiegel und war entsetzt. Sie war kreidebleich und ihre Haare klebten nass an ihrem Gesicht. Sie hatte noch nie so schrecklich ausgesehen. Schnell spritzte sie sich etwas Wasser ins Gesicht und schmiss ihr nasses T-Shirt in die Wäschewanne. Sie stütze sich noch ein paar Minuten am Waschbecken ab, dann machte sie sich auf den Weg zurück ins Schlafzimmer. Sie nahm sich ein neues T-Shirt aus dem Schrank und setzte sich wieder ins Bett. Bens beruhigende Worte gingen ihr durch den Kopf. Es wurde nur ein Tier überfahren. Dann viel ihr der Vogel wieder ein. Es war kein Wunder, dass sie so durchdrehte. Sie machte echt viel durch die letzten Tage. Sie ging noch einmal den ganzen Abend durch und war sich nachdem noch ein wenig sicherer, dass Ben recht haben musste. Wie gerne hätte sie ihn jetzt angerufen. Doch es war vier Uhr Nachts und sie wollte ihn nicht wecken. Sie dachte an ihre Kindheit zurück. Früher war sie oft mitten in der Nacht aufgewacht, weil sie Angst vor Monstern in ihrem Schrank oder unter dem Bett hatte. Sie war dann immer heimlich in das Bett ihrer Eltern geschlichen. Hier war sie sicher, das wusste sie. Kate grinste. Sie war echt etwas albern. Sie stieß ein lautes Gähnen aus und wusste, dass ihr ein wenig Schlaf noch gut tun würde. Schließlich machte sie die Augen zu und schlief sofort erschöpft ein.

Was er wohl für sie vorbereitet hatte? Sie war auf dem Weg zu Ben und freute sich auf einen schönen Nachmittag. Er hatte sie gleich heute morgen angerufen und gesagt, dass er eine Überraschung für sie hätte. Kate freute sich riesig. Trotzdem musste sie einfach ihren Traum los werden und erzählte Ben alles. Der hatte sie wie immer ganz lieb beruhigt und meinte, dass heute alles besser werden würde. Sie war so gespannt, was er geplant hatte und war gleich nach dem Frühstück los gelaufen. Sie war grade um die letzte Ecke gebogen, da kam Ben ihr schon entgegen. Er strahlte sie an und begrüßte sie.

>>Hey, jetzt geht es los. Heute wirst du deine Angst los werden<<. Er freute sich wie ein kleiner Junge und nahm sie an die Hand.

>>Was machen wir denn?<<  Kate war ganz verwundert und lief neben ihm her.

>>Sagen wir einfach, wir gehen wandern.<< Sie war von der Idee zwar nicht ganz so begeistert, doch in Bens Nähe fühlte sie sich einfach wohl. Sie war so unglaublich froh, ihn an ihrer Seite zu haben. Er hatte sie immer ernst genommen und nie ausgelacht. Selbst, als sie ihn den Traum heute morgen erzählt hatte. In der Schule ging immer das Gerücht um, dass sie ein Paar wären. Sie hatten immer darüber gelacht. Kate hatte sich noch nie viel aus Gerüchten gemacht. Doch heute fragte sie sich das erste mal, warum eigentlich nie etwas aus ihnen geworden ist. Keiner der beiden wollte die Freundschaft zerstören, doch sie musste zugeben, dass es sich ziemlich gut anfühlte, an seiner Hand spazieren zu gehen. Schnell verdrängte

sie den Gedanken und schaute sich um. Sie war so mit ihren Erinnerungen beschäftigt gewesen, dass sie gar nicht mitbekommen hatte, wo sie jetzt waren. Auf einmal wurde ihr klar, wo Ben mit ihr hin wollte.

>>Halt! Das kannst du nicht machen!<< Kate bekam Panik.

>>Hey, ich bin doch bei dir.<< Er nahm sie in den Arm und lief dann weiter. Kate beruhigte sich ein wenig, doch sie wollte einfach nicht weiter gehen. Ben wollte sie zu den Bahnschienen bringen, sie wusste es.

>>Nur so kannst du deine Angst besiegen und wirst deine Alpträume los.<< Ben schaute sie besorgt an. Doch er blieb nicht stehen. Er zog sie förmlich hinter sich her. Sie hörte ihn gar nicht mehr zu. Umso näher sie den Schienen kamen, umso nervöser wurde sie.

>>Psst...ich bin bei dir. Dir passiert nichts.<<  Sie waren genau hinter Bens Haus angekommen und liefen nun die Schienen entlang. Kate stellte fest, dass sie wirklich ruhiger wurde. Es war alles

ganz anders, als in ihrem Traum. Viel friedlicher. Jetzt kam sie sich noch lächerlicher vor. Es war ihr richtig peinlich, Ben davon erzählt zu haben. Doch der machte ihr keine Vorwürfe. Er war froh, dass es Kate besser ging. Sie lies Ben los und lief ein Stück alleine weiter. Auf einmal blieb ihr Fuß an etwas hängen. Sie ruderte mit den Armen, um das Gleichgewicht zu halten, doch sie viel hin. Ben kam angerannt und half ihr hoch.

>>Ist dir was passiert?<< Er klang besorgt. Doch Kate hörte ihn gar nicht mehr. Sie starrte nur auf den Boden. Dort lag etwas weißes. Sie war über einen weißen Turnschuh gestolpert.


>>Beruhige dich doch.<< Ben wusste nicht mehr, was er machen sollte. Kate saß in seinem Garten. Sie saß zusammengekauert auf einem Stuhl und hatte eine Decke um sich geschlungen. Sie zitterte und hatte den weißen Turnschuh vor sich auf dem Boden liegen. Sie hatte

darauf bestanden, ihn mitzunehmen.
>>Er war dort.<< Mehr sagte sie nicht.
Immer wieder wiederholten sich ihre
Worte.

>>Er wird mich holen.<< Jetzt fing sie
an zu weinen. Ben hatte sie noch nie so
verstört gesehen. Sie tat ihm so leid, dabei wollte er ihr doch nur helfen. Jetzt
war alles nur noch schlimmer geworden.

>>Kate, es gibt keinen Phillip Albers und
du bist hier sicher.<< Er versuchte ruhig
auf sie einzureden.

>>Ach ja und wem gehört der Turn-
schuh?<< Sie wurde lauter und fing an
zu schreien.

>>Den kann jeder dort entsorgt haben.
Bitte glaub mir doch. Ich passe auf dich
auf.<< Ben bückte sich zu ihr herunter
und legte den Arm auf ihre Schulter. Er
wusste zwar, dass es länger dauern würde, bis es Kate besser ginge, aber er
nahm sich vor, weiterhin für sie da zu
sein.

>>Am besten gehen wir jetzt rein. Wir
schauen einen Film und wenn du willst,
darfst du auch bei mir schlafen. Viel-

leicht ist es besser, wenn du heute Nacht nicht alleine bist. Ich schlafe dann im Wohnzimmer, auf dem Sofa.<< Sie gingen herein und Ben machte eine DVD an. Es war ihr Lieblingsfilm. Die Titelmusik von Dirty Dancing ertönte. Er setzte sich neben sie und streichelte ihr beruhigend über den Kopf. Er merkte, wie sie langsam entspannte und schließlich einschlief.

Kate war gerade eingeschlafen, als es an der Tür klingelte. Sie schreckte hoch. >>Warte ich gehe schnell.<< Ben stand auf und verschwand im Flur. Kate blieb auf dem Sofa liegen und hörte leise Stimmen. Dann trat Ben mit zwei Männern ins Wohnzimmer zurück. Es waren zwei Polizisten. Der eine war groß und muskulös, wie man sich einen Polizisten vorstellt.Er hatte kurze Haare und trug einen Schnurrbart. Der andere war eher klein und dick. Er sah aus, als wenn er nicht viel zu sagen hatte. Er trug eine Glatze und kam ziemlich unbeholfen rü-

ber.  Der große begann zu sprechen.
>>Sind sie Kate Johnson?<< Es dauerte
eine Weile, bis ihr klar wurde, dass die
Polizisten wegen ihr hier waren. Noch
ganz verwirrt antwortete sie.
>>Äh ja, dass bin ich.<< Jetzt fing der
kleine Polizist zu sprechen an.
>>Gut sie arbeiten im Reisebüro ihres
Onkels?<<
>>Ja, genau.<< Kate verstand immer
noch nicht.
>>Hatten sie gestern Dienst mit ihrer
Kollegin Marie Weber?<<
>>Ja hatte ich, aber was ist denn über-
haupt los?<< Jetzt reichte es ihr, sie
wollte einfach nur wissen, was das alles
sollte.
>>Und außerdem, woher wussten sie,
dass ich hier bin?<<
>>Ihr Ehemann hat sie als vermisst ge-
meldet. Sie ist gestern Abend nicht
nachhause gekommen. Es lag nur ein
Zettel in der Küche. Marie hatte wohl geschrieben, dass sie ein paar Tage Auszeit
brauche. Wir wollten sie zu diesem Fall
befragen und haben sie nicht zuhause

angetroffen. Dank ihres aufmerksamen Nachbars, bekamen wir den Tipp, bei Herrn Ben Fischer vorbeizuschauen.<<
Das passte eindeutig nicht zu Marie. Sie liebte ihren Mann und ihre Kinder waren das wichtigste für sie. Niemals würde sie freiwillig einfach wegfahren. Der Polizist erzählte ihr, dass ihr Ehemann das Selbe dachte und deshalb die Anzeige aufgegeben hatte. Er ginge davon aus, dass sie entführt wurde. Ben setzte sich schnell wieder zu ihr, als er merkte, dass Kate schon wieder kurz vorm durchdrehen war.

>>Nein, dass kann nicht passiert sein. Ich habe sie gestern Abend noch nachhause fahren sehen. Sie ist eine halbe Stunde vor mir gegangen, weil ich noch einen Kunden hatte. Sie war genauso wie immer und kein bisschen merkwürdig.<< Der kleine Polizist hatte sich Notizen gemacht, während Kate den gestrigen Abend beschrieb.

>>Okay das wäre auch erst einmal alles. Danke für ihre Hilfe Frau Johnson. Wir melden uns, wenn es etwas Neues

gibt.<< Ben stand auf und brachte die beiden Polizisten nach draußen. Schnell kam er ins Wohnzimmer zurück und sah das, was er erwartet hatte. Eine weinende Kate.

# 5

In der kleinen Hütte brannte diesmal Licht. Er hatte seinen Wagen wieder vorne geparkt und saß an dem kleinen Holztisch. Die Hütte schien im Licht noch heruntergekommener, als letztes mal. Der Boden war mit Schlamm bedeckt, den er mit seinen alten Ledersteifeln herein geschleppt hatte. Er war wütend. Die Polizei hatte sich viel zu schnell eingeschaltet. Dabei war alles so gut gelaufen. Ben hatte Kate wirklich zu den Schienen gebracht und sein kleines Geschenk hat ihr anscheinend viel Freude bereitet, so wie sie geschrien hatte. Jetzt grinste er und schaute auf den zweiten weißen Turnschuh, der noch in seiner Hütte stand. Bald hatte er Kate soweit, dass sie selbst Ben nicht mehr vertrauen würde. Er stand auf und ging mit einem Teller und einem Becher zum Nebenraum. Marie hing in ihren Fesseln

und schreckte hoch, als die Tür auf-
schlug.

>>Ich habe etwas zu Essen für dich.<<
Er stellte beides vor Marie ab und riss ihr
mit einem Ruck das Klebeband vom
Mund. Marie stöhnte laut auf, es fühlte
sich an, als ob Haut von ihrem Gesicht
abriss. Es brannte auf ihrem Mund, doch
sie war zu schwach, um zu schreien. Das
wusste er genau, deshalb machte er ihre
Handfessel los. Langsam schleppte sich
Marie nach vorne und nahm gierig den
Becher. Die Hälfte des Wassers rann ihr
das Kinn herunter. Sie fing an zu husten
und zu würgen. Sie hatte seit Ewigkeiten
nichts mehr bekommen.

>>Eigentlich hast du das gar nicht ver-
dient. Dein Ehemann hat alles versaut.
Ich hätte ihn umbringen sollen und deine
Gören gleich mit.<< Er setzte sich zu ihr
auf einen kleinen Hocker und schaute
zu, wie sie sich jetzt auf das Essen
stürzte. Doch viel bekam sie nicht herunter. Ihr wurde sofort schlecht und sie
glaubte erst, sich übergeben zu müssen.
>>Du bist doch nur eine einfache Ar-

beitskollegin. Für ihre Freunde wäre Kate zu allem bereit, doch ob sie das auch für dich tun wird, wenn es drauf ankommt? Mal sehen.<< Marie hörte ihm gar nicht zu. Ihr war schlecht vom schnellen Essen und sie krümmte sich am Boden. Doch er erzählte weiter.

>>Eigentlich war alles ganz anders geplant, doch Daniel hatte mich auf diese wunderbare Idee gebracht. Ich hörte sie alle lachen, als ich an Bens Garten vorbei lief. Und dann dieses Spiel. Nur durch Zufall konnte ich diesen Namen hören. Und Daniel weiß noch nicht einmal, wie er mir doch geholfen hat.<< Marie lag am Boden und stöhnte leise vor sich hin. Er stand auf und zog sie hoch. Ihr stöhnen wurde lauter, doch er musste sie wieder festbinden. Jetzt wo sie Essen bekommen hatte, durfte sie nicht wieder zu Kräften kommen. Er überprüfte nochmal eilig den Verband, nahm den Teller und den Becher mit und verließ den Nebenraum. Er schloss gut ab und warf das Geschirr in die Ecke. Jetzt brauchte Marie erst einmal nichts

mehr. Er nahm sein Handy und wählte die Nummer. Sein nächster Plan begann. Das Freizeichen ertönte und jemand nahm ab.

# 6

Sie lag hier jetzt schon eine Ewigkeit. Es war bereits drei Uhr und sie hatte noch keine Minute geschlafen. Ben hatte sie nachhause gebracht. Gerne wäre sie bei ihm geblieben, doch sie wollte ihn nicht zu sehr zur Last fallen. Ihr war das alles schon peinlich genug, da konnte sie jedenfalls in ihrem eigenen Bett schlafen. Sie wollte einfach nur Ruhe, doch in ihrem Kopf spielten sich immer wieder die Ereignisse der letzten Tage ab. Sie wusste, dass sie nachher wahnsinnig müde sein würde. Der letzte Tag des Wochenendes war bereits angebrochen. Wie sollte sie nur Montag wieder zur Arbeit gehen ? Allerdings könnte sie ein geregelter Tagesablauf auch wieder auf andere Gedanken bringen. Sie war schrecklich müde. Ihre Augen waren gerade zugefallen, als ihr Handy klingelte.

Blind tastete sie auf dem Nachttisch herum und hielt es sich ans Ohr.

>>Hallo?<< Sie dachte im ersten Mo-
ment, es wäre Ben. Vielleicht wollte er
fragen, ob es ihr gut ginge. Doch sie er-
hielt keine Antwort.

>>Hallo, ist da jemand?<< Noch immer
nichts. Alles war still. Doch sie konnte
jemanden atmen hören. Sie bekam eine
Gänsehaut. Es war jemand am Telefon.
Ganz sicher. Vielleicht hatte er sich nur
verwählt.

>>Du hast mir nicht geholfen. Warum?
<< Jetzt redete eine verzerrte Stimme
mit ihr. Sie wollte auflegen. Das durfte
nicht wahr sein.

>>Dafür wirst du bezahlen meine Lie-
be.<< Der Anrufer lachte. Kate konnte
nichts sagen. Selbst wenn sie gewollt
hätte. Sie hörte einfach dieses grässliche
Lachen am andere Ende der Leitung.
Dann war es still. Tuuut. Der Anrufer
hatte aufgelegt. Ihr viel das Handy aus
der Hand und knallte auf den Boden. Sie
zitterte und verkroch sich komplett unter
der Decke. Wieso immer ich? Sie konnte

sich nicht bewegen und schlief schließlich von Angst geschüttelt ein.


>>Nein, das ist unmöglich.<< Ben
schaute Kate mitfühlend an. Er war
gleich am nächsten Morgen vorbeige-
kommen, um nach ihr zu schauen. Kate
wollte sich nicht blamieren und die ganze letzte Nacht für sich behalten. Doch
Ben merkte sofort, dass etwas nicht
stimmte und redete so lange auf sie ein,
bis alles aus ihr heraus gesprudelt kam.
>>Und du bist dir wirklich sicher, dass
es nicht wieder ein Traum war?<< Langsam viel selbst Ben keine bessere Erklä-
rung mehr ein.
>>Ich kann ja wohl zwischen Traum und
Realität unterscheiden.<< Kate wurde
wütend. Sie hatte ihr Handy heute morgen nicht gefunden. Es muss gestern un-
ters Bett gerutscht sein. Sie hatte noch
nicht nachgesehen und wollte es eigentlich auch nicht wieder haben. Was ist
wenn der Anrufer es nochmal versuchen
würde?

>>Es war ein Telefonstreich.<< Ben fand eine neue Erklärung.

>>Ben, keiner wusste von diesem Spiel. Es muss Phillip Albers sein. Vielleicht hältst du mich für verrückt, aber ich bin alle logischen Erklärungen durchgegangen. Glaub mir doch, ich habe früher selber nicht an so etwas geglaubt.<< Kate kam sich ziemlich dumm vor, aber wem sollte sie das sonst erzählen? Doch Ben schien ihr auch nicht mehr zu glauben. Wem sollte sie denn überhaupt noch trauen?

>>Was ist wenn uns jemand bei den Bahnschienen reden gehört hat? Oder es war Daniel. Der hat doch dieses Spiel mitgebracht.<< Die Möglichkeit war Kate natürlich schon durchgegangen. Aber Daniel würde so etwas nie machen. Außerdem hätte sie seine Stimme am Telefon erkannt. Sie würde Ben so gerne glauben, doch es war einfach zu viel passiert.

Den restlichen Nachmittag verbrachte sie mit ihm. Sie versuchten über etwas anderes zu reden, doch es kam keine besonders gute Stimmung auf. Kate war viel zu sehr damit beschäftigt, an morgen zu denken. Morgen müsste sie wieder arbeiten. Im Büro. In dem Büro, in dem Marie verschwunden war. Ihr lief ein kalter Schauer über den Rücken. Die beiden kamen von einem langen Spaziergang zurück und hielten schließlich vor Kates Haustür.

>>Soll ich dir noch schnell helfen dein Handy zu suchen? Vielleicht können wir die Nummer zurückverfolgen.<< Kate war überrascht. Wieso war sie noch nicht selber auf die Idee gekommen? Sie schloss die Tür auf und ging in die Küche. Schnell wollte sie Wasser für eine Tasse Tee aufsetzten, als Ben etwas entdeckte.

>>Hey, hier liegt es doch.<< Er hob das Handy auf. Es lag auf dem Küchentisch. Kate setzte sich an den Tisch. Wie war ihr Handy auf den Küchentisch gekommen? Hatte sie es doch heute morgen

mit runter genommen? Ben war schon dabei, die Anrufliste zu durchsuchen.

>>Dich hat heute Nacht niemand angerufen Kate.<< Er schaute sie fragend an.

>>Das kann nicht sein.<< Ben schaute noch einmal auf das Handy in seiner Hand.

>> Steht hier aber. Der letzte Anruf kam von mir. Das war gestern morgen.<< Kate dachte nach. Sie hatte das nicht alles nur geträumt, da war sie sich sicher. Kann das Handy beim herunterfallen Sachen löschen? Diese Erklärung erschien ihr unmöglich. Sie kam sich so blöd vor. Ben war extra noch mit hereingekommen und jetzt hatte sie noch nicht einmal einen Beweis. Jemand muss an ihrem Handy gewesen sein und den Eintrag gelöscht haben. Wie zur Bestätigung ihrer Gedanken, kam ein lauter Knall aus dem Wohnzimmer.

>>Was war das?<< Kate schaute zu Ben.

>>Psst....<< Ben hielt sich den Finger auf die Lippen. Er schlich leise in Rich-

tung Wohnzimmer und deutete Kate mit einer Handbewegung, in der Küche zu bleiben. Bens Schritte wurden immer leiser. Dann verschwand er im Wohnzimmer. Sie wollte nach ihm rufen. Sie saß immer noch auf dem Stuhl und traute sich kaum noch zu atmen. Es schien eine Ewigkeit zu dauern. Gerade stand sie auf und wollte nach ihm schauen, da hörte sie ihn rufen.

>>Kate, komm schnell.<< Sie rannte los. Sie hatte ein ungutes Gefühl und schnappte sich ein Küchenmesser, falls sie sich währen müsse. Ganz außer Atem kam sie ins Wohnzimmer. Doch da stand nur Ben. Sie lies das Messer fallen, als sie sah, warum er sie gerufen hatte. Ihr Wohnzimmer war verwüstet. Das Fenster stand offen und alle Vasen lagen zerbrochen auf dem Boden. Die Vorhänge wehten im Wind und die Kataloge und Zeitschriften waren vom Tisch geweht. Ben stand mitten drin.

>>Hast du dein Fenster schon reparieren lassen?<< Er schaute sich das Fenster genauer an.

>>Nein, mir fehlte einfach das Geld in letzter Zeit.<< Kate schaute beschämt zu Boden. Ihr Fenster war schon seit ein paar Wochen kaputt. Bei einem Sturm war es aufgeweht und aus den Angeln gebrochen. Ben hatte es notdürftig repariert. Hatte ihr aber auch gesagt, dass es nicht lange halten würde. Heute hatte sie es aufgemacht und wohl vergessen zu schließen, bevor sie gegangen war. Jetzt hing es halb aus den Angeln gerissen an der Wand.

>>Fehlt irgendetwas?<< Ben schaute sich noch immer das Fenster an. Kate lief im Wohnzimmer umher und hob ein paar Sachen auf.

>>Nein, so weit ich sehe nicht.<< Jetzt wand Ben sich Kate zu.

>>Dann wurde hier auch nicht eingebrochen. Das muss der Wind gewesen sein.<< Kate war klar, dass sie damit nicht zur Polizei rennen könnte, aber sie war sich sicher, hier war jemand. Und sie wusste auch, was dieser jemand wollte. Ihr Handy. Aber wer wollte sie so in den Wahnsinn treiben?

# 7

Gut gelaunt fuhr er mit seinem Geländewagen durch den Wald. Er summte zur Musik, die aus dem Radio dröhnte und war glücklich. Alles hatte bestens geklappt. Mit einem Grinsen im Gesicht, ging er noch einmal alles durch. Er hatte genau das erreicht, was er wollte. Ben wird Kate nicht mehr glauben. Sie fühlte sich immer mehr allein gelassen und bald ist das Vertrauen futsch. Er hätte nicht gedacht, dass es so leicht wäre, in ihr Haus zu steigen. Er wusste, dass ihr Fenster kaputt war. Er musste einfach nur dagegen drücken. Das Handy hatte er auch schnell gefunden. Das hatte er schön bearbeitet und wieder zurück gelegt. Den nächtlichen Anruf sollte Kate doch keiner glauben. Kate und er werden sich schon noch früh genug begegnen. Fast hätte er zu viel Zeit verplempert. Er war noch in der Küche, als Kate und Ben zurück kamen. Zum Glück konnte er sich im Garten verstecken. So hatte er jedenfalls noch mitbekommen, wie verstört die liebe Kate jetzt schon war. Er kam an der Hütte an und stellte den Motor aus. Es war stockdunkel, doch er kannte den Weg zur Hütte genau. Er schloss die Tür auf und zündete ein paar Kerzen an. Jetzt konnte er jedenfalls etwas sehen. Sofort vernahm er ein lautes Hämmern aus dem Nebenzimmer. Marie war wieder zu Kräften gekommen. Er wird ihr wohl erst einmal nichts mehr zu Essen geben. Er öffnete ihre Tür und schaute böse hinein.

>>Wenn du deinen Fuß noch einmal zum hämmern benutzt, dann hast du bald keinen mehr!<< Mit diesen Worten schloss er die Tür und lies Marie im Dunkeln zurück. Sie hörte auf zu hämmern und dachte an ihren Arm. An den schrecklichsten Tag in ihrem Leben. Sie erinnerte sich nur noch daran, dass sie in ihrem Wagen nachhause fahren wollte. Doch er saß bereits drin und hatte

gewartet. Er drohte ihr und sie fuhren zu einem abgelegenem Waldstück. Hier hatte er sie auf Schienen gefesselt. Sie hatte geschrien, so laut sie konnte. Er meinte umso lauter sie schreie, umso schneller würde er sie losbinden. Doch der Zug kam ein paar Minuten zu früh. Sie hatte Hoffnung gehabt, er würde anhalten. Der Fahrer hätte sie sehen können und sie wäre jetzt frei gewesen. Doch es war bereits so dunkel, dass sie selbst ihren Peiniger das erste mal in der Hütte erkannte. Der Zug kam also auf sie zugerast. Er bekam den Knoten der Fesseln nicht auf und konnte sie nur im letzten Moment noch von den Schienen ziehen. Ihr Arm lag aber noch dort. Der Zug trennte ihn mit einem Schnitt ab und sie schrie immer lauter. Schnell hatte er ihr den Arm abgebunden, dann wurde sie ohnmächtig. Hier ist sie wieder aufgewacht. In dieser muffigen, alten Hütte. Er brachte ihr fast nie etwas zu essen und ihr Arm schmerzte immer noch. Anscheinend schien er sich ein wenig auszukennen. Sie wusste nicht, wie

lange sie schon bei ihm war. Das Zeitgefühl hatte sie völlig verloren. Doch er
hatte ihre Wunden gut versorgt. Sie hatte zwar immer noch höllische Schmerzen, aber sie wurde nicht mehr ohnmächtig. Doch wie lange würde ihr Körper das noch mitmachen? Sie wusste,
dass sie dringend versorgt werden
musste, doch was sollte sie tun? Sie
wusste noch nicht einmal, wie lange er
sie schon gefangen hielt. Manchmal hoffte sie einfach, dass alles vorbei wäre
und sie endlich starb. Doch was war mit
ihren Kindern? Nein, sie würde hier herauskommen. Ihre Kinder und ihr Mann
warteten auf sie. Und das würden sie
nicht umsonst tun.

# 8

Es war wie jede Nacht. Sie lag wach im Bett. Doch heute war es besonders schlimm. Sie musste morgen ins Büro. Die Angst ihr könne das gleiche wie Marie passieren, quälte sie die ganze Nacht. Sie war sich jetzt sicher, dass irgendjemand etwas von ihr wollte. Nur wer? Und was? Und warum glaubte Ben ihr nicht mehr? Er sagte zwar, sie dürfe immer zu ihm kommen, aber er blieb immer so extrem ruhig. Zur Polizei gehen sollte sie auch nicht und das, obwohl sie so eine Angst hatte. Ob Ben etwas mit der Sache zu tun hatte? Nein, wie konnte sie nur auf so etwas kommen. Sie verdrängte gerade den letzten Gedanken, als ihr Handy klingelte.

>>Bitte, bitte lass es Ben sein.<< Sie sprach leise vor sich hin und nahm schließlich ihr Handy vom Nachttisch.

>>Hallo, Ben?<< Voller Hoffnung sprach sie in ihr Handy.

>>Glaubst du etwa ich habe dich vergessen? Tut mir leid, wenn ich zu viel Unordnung in dein Haus gebracht habe.<< Es war der gleiche Anrufer, wie letzte Nacht. Kate war sich sofort sicher. Und sie wusste jetzt auch, dass er wirklich in ihrem Haus war.

>>Was hast du mit meinem Handy gemacht?<< Kate wusste nicht, was sie sagen sollte und wollte selbstbewusst klingen. Doch es kam nur eine dünne piepsige Stimme heraus.

>>Das wird dein kleinstes Problem sein. Die ganzen kleinen Streiche sind jetzt vorbei Kate.<< Er lachte noch einmal. Tuuut. Dann hatte er wieder aufgelegt. Kate hatte Recht gehabt. Die ganze Woche schon. Sie bildete sich das alles nicht ein. Hier versuchte wirklich jemand sie in den Wahnsinn zu treiben. Und sie wusste noch nicht einmal, ob sie sich vielleicht in Gefahr befand. Diesmal war sie schlauer. Sie schaute sofort auf die Anrufliste. Er hatte die Nummer unter-

drückt. Wütend fiel Kate zurück auf ihr Kopfkissen. Sie versuchte einen klaren Gedanken zu fassen. Da spürte sie etwas klebriges auf ihrer Hand. Oh Gott. Sie schaute fassungslos auf ihren Arm. Ihre Hand blutete. Das Blut lief bereits den Arm hinunter und tropfte auf ihr T-Shirt. Sie rannte, mit dem Handy in der Hand, ins Badezimmer. Schnell wusch sie ihren Arm unter warmen Wasser und wühlte schon im erste Hilfe Kasten, als ihr etwas auffiel. Es lief kein neues Blut von ihrem Arm. Es gab auch keine Wunde. Sie schaute auf ihr Handy. Das konnte nicht sein. Wieso lief Blut aus ihrem Handy? Sie nahm sich ein Handtuch und drückte das beschmierte Handy auseinander. Sie nahm alles heraus und fand im inneren eine Farbpatrone. Diese war so in ihrem Handy platziert, dass sie platzen würde, sobald man auf den roten Hörer drückte. Was hatte dieser Irre noch alles in ihrem Haus manipuliert? Doch die Farbpatrone könnte sie jedenfalls Ben zeigen. Er würde ihr endlich glauben, dass hier eingebrochen wurde.

Sie würden nach der Arbeit zur Polizei gehen und sie würde diesem Alptraum endlich ein Ende setzen können. Zufrieden ging sie zurück ins Schlafzimmer.

>>Einen schönen Tag noch.<< Kate war erleichtert. Das war ihre letzte Kundin für heute. Die Arbeit hatte ihr wirklich etwas Ablenkung gebracht. Sie hatte jetzt schon zwei Familien und ein Pärchen mit ihrem Wunschurlaub beglückt. Sie wusste selber nicht, weshalb sie gestern noch so eine Angst vor heute hatte. Sie machte sich auf den Weg in den Pausenraum. In ihrer Hosentasche suchte sie nach ihrem Schlüssel. Er war nicht dort.
>>So ein Mist!<< Sie fluchte und musste ihn im Schloss ihres Schließfachs stecken gelassen haben. Dort angekommen entdeckte sie ihn gleich. Er steckte noch im Vorhängeschloss ihres Schließfachs. Schnell suchte sie ihre Sachen zusammen und schnappte sich ihre Tasche. Sie wollte noch einen Kaffee trinken und et-

was essen, bevor sie Ben abholen würde. Sie machte sich gerade auf den Weg,
da drehte sie noch einmal um. Etwas
fehlte. Doch ihr Schließfach war leer.
Auch in ihrer Tasche war es nicht. Wo
war ihr Handy? Das durfte nicht wahr
sein. Jetzt wurde sie schon auf der Arbeit verfolgt. Ben würde ihr ohne Handy
nicht glauben, dass wusste sie. Sie fragte alle ihre Kollegen, doch keiner hatte
jemanden an ihrem Schließfach gesehen. Niedergeschlagen ging sie trotzdem
einen Kaffee trinken. Das kleine Bistro
lag auf der anderen Straßenseite.
Warum war sie auch so blöd und ließ
den Schlüssel stecken? Sie musste sich
beruhigen. Nachher würde sie alleine zur
Polizei gehen. Ben würde sie diesmal
nicht davon abhalten können.


Schnell stellte sie die Tasse wieder auf
den Tisch, als sie sich die Oberlippe ver-
brannte. Sie war mit den Gedanken einfach ganz wo anders. Wer wusste so viel
über sie? Sie war so weggetreten, dass

sie fast die Tasse umschüttete, als ihr jemand auf die Schulter tickte. Sie drehte sich ängstlich um und sah Rita. Sie war ebenfalls eine Arbeitskollegin von Kate. Sie setzte sich gerade zu ihr an den Tisch. Ihre kurzen blonden Locken wirbelten bei jeder Bewegung hin und her.

>>Dich habe ich ja heute noch gar nicht gesehen.<< Kate freute sich Gesellschaft zu haben, die ihr etwas Ablenkung brachte.

>>Ich bin auch noch nicht so lange hier. Ich hatte gerade mal zwei Kunden und jetzt erst einmal Pause.<< Rita lächelte sie an und schlürfte an ihrem Kaffee.

>>Ach so, deshalb. Ich bin schon durch für heute.<< Plötzlich wurde Rita nervös.

>>Ach übrigens gut, dass ich dich hier noch treffe. Vorhin war jemand an deinem Schließfach. Ich wollte ihn zur Rede stellen, doch er ist einfach abgehauen.<< Kate verschluckte sich und fing an zu husten.

>>Was? Wer war es?<< Sie fing an zu

schwitzen. Ihre Handflächen wurden feucht und die Panik kam zurück. Vielleicht würde sie gleich wissen, wer sie seit Tagen in den Wahnsinn trieb. >>Ich kannte diesen Kerl nicht. Er war etwas breiter und trug so eine hässliche Hornbrille. Außerdem sah er ziemlich schmierig aus.<< Kate blieb der Mund offen stehen. Nico? Das konnte unmöglich sein. War er wirklich zu so etwas in der Lage? Sie verabschiedete sich schnell und rannte zu ihrem Wagen. Rita schaute ihr noch verwirrt nach, doch das bemerkte Kate bereits nicht mehr.

# 9

Ben saß in seiner Wohnung. Er machte sich ernsthafte Sorgen um Kate. Er wusste, dass sie langsam das Vertrauen zu ihm verlor, aber was sollte er machen? Er war doch selbst mit der Situation überfordert. Er würde ja wirklich gerne mit ihr zur Polizei gehen, aber er wusste auch genau, dass es nichts bringen würde. Sie hatten keine handfesten Beweise. Er glaubte ihr wirklich, doch wenn er ihr das zeigen würde, würde sie nur noch panischer werden. Er würde alleine etwas unternehmen müssen. Er konnte Kate nicht alleine lassen und würde sie da raus holen. Von dem Spiel wussten nur Lara, Daniel, Nick, Jane, Kate und er. Keinen seiner Freunden würde er so etwas zu trauen, doch er musste alles versuchen. Jane und Lara waren ausgeschlossen. Sie hatten selber panische Angst. Nick wäre auch unfähig so etwas zu tun. Auf einmal viel es ihm ein. Das  war die Lösung. Hatte Daniel ihn nicht letztens nach Kates neuer Handynummer gefragt? Ben erinnerte sich. Es war nach der Arbeit. Daniel meinte, er brauche sie, um noch etwas für das nächste Treffen zu organisieren. Er hatte dumm gegrinst und Ben hatte sich nichts dabei gedacht. Er warf einen Stuhl zur Seite. Daniel war dran. Niemand machte so etwas mit Kate. Er riss seine Jacke vom Garderobenständer und rannte zur Haustür. Schnell jagte er die Straße entlang und war auf dem Weg zu Daniel.

Er wühlte sich durch den Matsch vor seiner Hütte. Der Regen peitschte in sein Gesicht. Endlich kam er an der Mülltonne an. Er zog Kates Handy aus der Hosentasche und warf es weg.Vorher entnahm er noch den Akku. Er wollte nicht, dass die Bullen das Handy orten könnten. Dann rannte er schnell wieder in die Hütte zurück. Wenn man von draußen kam, schien es in der Hütte mollig warm zu sein. Leise schlich er sich ins Nebenzimmer, um nach Marie zu schauen. Er hatte ihr vor ein paar Stunden etwas zu Essen gegeben. Sie hing in ihren Fesseln und rührte sich nicht. Er musste etwas unternehmen, bevor Kate die Polizei alleine einschaltete. Vorsichtig ging er auf Marie zu. Sie wachte auf und starrte ihn ängstlich an.

>>Tut mir wirklich leid für dich, aber das muss leider sein.<< Marie wusste nicht, wovon er sprach. Doch dann zog er ein scharfes Jagdmesser aus seinem Gürtel. Ihre Augen weiteten sich vor Entsetzen und sie fing an zu schreien. Sie versuchte sich zu befreien, doch das war unmöglich.

>>Stell dich nicht so an. Wenn du Glück hast, bringt es dir etwas und Kate wird dich retten.<< Mit diesen Worten ging er auf Marie zu. Er packte ihren heilen Arm und zog sie zu sich. Schnell glitt die scharfe Klinge durch ihren Daumen und er lies sie los. Marie spürte ein brennen und schrie weiter. Er nahm sich den

Daumen und machte ein Foto von ihr. Das ist das letzte, was sie wahrnahm, bevor sie wieder ohnmächtig wurde.


>>Warum machst du nicht auf du Arschloch? Hast du Angst?<< Ben trommelte gegen Daniels Tür. Seine Fäuste taten schon weh, doch er hörte nicht auf. Ein leises schlurfen kam auf die Tür zu. Daniel entriegelte das Türschloss und schaute in Bens wütendes Gesicht. >>Ben alter, was machst du hier für einen Lärm?<< Daniel rieb sich die Augen und schien geschlafen zu haben. Er trug ein blaues Muskelshirt und eine blaue Shorts. Er hatte sich einen Morgenmantel übergeworfen, den er gerade zuknotete. >>Warum tust du Kate so etwas an?<< Ben war nicht mehr zu stoppen. Er ging einen Schritt weiter, auf Daniel zu und stand jetzt im Eingangsbereich seiner Wohnung. Daniel schien verstanden zu haben, dass Ben es ernst meinte. >>Wovon sprichst du denn? Ich habe

Kate nichts getan. Ich habe sie seit Freitag noch nicht einmal mehr gesehen.<< Daniel schien es ernst zu meinen, doch das war Ben egal.

>>Du hast sie angerufen. Das kannst nur du gewesen sein. Und nur du hast auch dieses blöde Spiel am Freitag mitgebracht.<< Auf einmal fing Daniel zu grinsen an.

>>Ach darum geht es dir. Du bist eifersüchtig. Ich wollte die Handynummer doch nur, um Kate nach einem Date zu fragen. Schon echt süß die kleine. Und wenn du sie dir nicht schnappst.<< Ben konnte es nicht fassen. Machte Daniel sich ernsthaft lustig über ihn?

>>Ich weiß schon lange, dass du auf sie stehst. Wie kannst du bei so einer Frau nur nicht ran gehen?<< Daniel wurde immer spottender. Doch bei Ben war endgültig Schluss. Daniel war zwar der totale Weiberheld, doch er konnte nicht so über Kate sprechen. Er machte eine Riesenfehler und holte aus. Er traf Daniel mitten ins Gesicht. Der sank zu Boden und hielt sich die Hand vor die Nase.

Blut lief seinen Arm herunter und beschmierte seine Klamotten.

>>Sag mal spinnst du?<< Daniel schaute geschockt nach oben. Er setzte sich langsam wieder auf. Ben war erschrocken, dass er zu so etwas fähig war. Er versuchte ruhig zu bleiben.

>>Hey, tut mir leid. Wirklich Daniel. Kate hat im Moment ein paar Probleme und ich dachte, du hast vielleicht etwas damit zu tun. Ich hab überreagiert und....<< Weiter kam Ben nicht

>>Ach es tut dir leid? Du kommst zu mir nachhause, schlägst mich zu Boden und dann tut es dir leid? Wenn du deine Eifersucht nicht im Griff hast ist das nicht mein Problem. Sei froh, wenn ich dich nicht anzeige.<< Plötzlich hörte Ben Schritte. Sie kamen aus der Wohnung von Daniel.

>>Daniel Schatz, was ist hier los?<< Lara stand jetzt neben Daniel. Sie hatte ebenfalls einen Morgenmantel an und schaute Ben böse an.

>>Was hast du getan? Bist du wahnsinnig geworden?<< Sie erblickte Daniels

blutende Nase und zog ihn zurück in die Wohnung.

>>Das wird ein Nachspiel haben Ben!<< Lara fauchte ihn an und Daniel knallte die Tür zu. Ben drehte sich um und ging. Warum hat er das getan? Kate hatte ihm gesagt, dass es nicht Daniel war. Er machte sich tausend Gedanken und fragte sich, ob er vielleicht doch aus Eifersucht gehandelt hatte.

# 10

Daniel wurde zusammenge-
schlagen. Das war alles, was
sie wusste. Lara hatte ihr eine
SMS geschrieben. Kate war auf dem
Weg zu Ben. Sie war wütend. Wieso
macht Ben so etwas? Hatte sie sich so in
ihm getäuscht? Er war doch immer so
nett und liebevoll gewesen. Niemals hätte sie ihm so etwas zugetraut. Eigentlich
hatte sie genug Probleme. Nico ging ihr
nicht mehr aus dem Kopf. Er musste es
gewesen sein, doch was sollte sie jetzt
tun? Zur Polizei gehen und ihn Anzeigen
ohne Beweise? Sie würde noch wahnsinnig werden. Jetzt wusste sie, wer es war
und konnte trotzdem nichts unternehmen. Beim nächsten mal würde sie ihn
erwischen. Jetzt war sie vorbeireitet.
Doch irgendwie ließ sie das Gefühl nicht
los, dass Nico zu so etwas nicht fähig
wäre. Plötzlich summte ihr Handy er-

neut. Es war Ben. Er wollte, dass sie ihn von einem Park, ganz in der Nähe, abholte. Sie bog rechts ab und fuhr auf den Parkplatz. Ben wartete schon. Er lächelte nicht wie sonst, sondern schaute sie beschämt an, als er zu ihr in den Wagen stieg.

>>Danke fürs Abholen.<< Mehr sagt er die ganze Fahrt nicht. Die Musik säuselte leise aus dem Radio und auch Kate sah keinen Grund, ein Gespräch anzufangen. Als sie bei Ben ankamen, wurde Kate das Schweigen zu blöd. Sie waren doch keine Kleinkinder. Sie schaltete den Motor aus und hielt seinen Arm fest.

>>Meinst du nicht, du solltest mir etwas erklären?<< Ben schaute immer noch nach unten und wollte gerade aussteigen.

>>Du weißt schon alles? Ich habe halt etwas überreagiert, mehr nicht.<< Er vermied es Kate in die Augen zu schauen und verhielt sich wie ein kleiner Junge.

>>Überreagiert? Du hast Daniel geschlagen. Weißt du eigentlich, wie viel

Glück du hattest? Sei froh, dass Daniel dich nicht angezeigt hat.<< Ben schaute zum ersten mal nach oben. Er hatte tiefe Augenringe und Kate hatte ihn noch nie so fertig gesehen.
>>Ich habe doch schon gesagt, dass es mir leid tut. Okay?<< Ben war sonst nie aggressiv. Er hatte sich total verändert. Er hatte sie noch nie angeschrien. Jetzt wusste sie, wie er sich die letzten Tage gefühlt haben muss, als sie so drauf gewesen war. Er tat ihr leid und sie wollte nicht weiter streiten.
>>Ich ruf dich heute Abend noch einmal an.<< Ben schenkte ihr ein schwaches lächeln und stieg aus.


Sie hatte ihre Tasche rein gebracht und wollte gerade wieder in den Wagen steigen. Sie brauchte jemanden zum reden. Sie würde zu Jane fahren. Vielleicht war es besser, einfach mal die Meinung eines anderen zu hören. Da bemerkte sie Post im Briefkasten. Sie schloss auf und zog eine roten Umschlag heraus. Er war ziemlich schwer, für einen normalen Umschlag und sah merkwürdig geformt aus. Ihr Name war in gold und mit großen, verschnörkelten Buchstaben auf die Vorderseite gedruckt worden. Sie öffnete ihn vorsichtig und zog ein Foto heraus. Es glitt ihr sofort aus der Hand und sie setzte sich auf den Boden. Warum musste das jetzt passieren? Ihr Herz raste und ihr wurde schwarz vor Augen. Sie lehnte sich mit dem Kopf gegen die Hauswand. Vorsichtig tastete sie nach dem Foto, um es sich noch einmal anzusehen. Leider hatte sie es sich nicht eingebildet und starrte auf dieselbe schreckliche Szene, wie vor ein paar Sekunden. Tränen liefen ihr übers Gesicht. Auf dem Foto sah man Marie. Kate hätte sie fast nicht erkannt. Sie sah schrecklich aus und war in der Mitte eines dunklen Raumes gefesselt. Ein Arm hing an einem Rohr. Kate wurde schlecht. Der andere Arm war nicht mehr vorhanden. Ihr ganzer Körper war voller Verletzungen und ihr Kopf hing schlaff nach unten. Unter ihr hatte sich eine riesige

Blutlache gebildet. Und noch etwas viel
Kate auf. Am gesunden Arm fehlte ihr
der Daumen. Sie zitterte noch immer, da
bemerkte sie, dass noch etwas im Umschlag lag. Es war ein Brief.


HALLO KATE,

MARIE IST NOCH AM LEBEN.
DOCH NUR DU KANNST SIE RETTEN.
KOMME ZU MIR UND ICH LASSE SIE SO-
FORT GEHEN.
ALLERDINGS MUSST DU AN IHRER
STELLE BLEIBEN.
ALSO ÜBERLEGE ES DIR GUT, ABER
NICHT ZU LANG.
ICH WERDE IHR ALLE DREI STUNDEN
EIN WEITERES KÖRPERTEIL ABTREN-
NEN, SOLANGE DU NICHT HIER ER-
SCHEINST.
WENN DIES NICHT DER FALL SEIN
WIRD, WERDE ICH MICH WOHL MIT IHR
VERGNÜGEN MÜSSEN.
ABER GLAUBE MIR, ICH HABE MIR DIE
SCHRECKLICHSTEN DINGE ÜBERLEGT.

ICH WEIß NICHT, WIE LANGE SIE NOCH
AUSHÄLT.
KOMME EINFACH ZU DEM ORT, WO DU
AUCH DEN TURNSCHUH GEFUNDEN
HAST.
DEN RESTLICHEN WEG WIRST DU AL-
LEINE FINDEN.
ABER KEINE POLIZEI, SONST IST MARIE
SOFORT TOT!!
WENN DU MICH VERRÄTST, SCHNAPPE
ICH MIR AUCH NOCH IHRE KINDER.
DENKE DRANN, ICH BEOBACHTE JEDEN
SCHRITT VON DIR!!

PHILLIP ALBERS

Kate rannte zu ihrem Wagen. Sie
schloss sich ein und weinte. Wohin sollte
sie jetzt? Sie fühlte sich überall beobachtet. Als würde er alles sehen, was sie
machte. Vielleicht lauert er gerade irgendwo da draußen. Sollte sie sich stellen und Marie helfen? Zur Polizei konnte
sie jetzt nicht mehr. Marie wäre sofort
tot. Und wer weiß, was mit ihren Kindern

passieren würde. Also entweder würde sie sich stellen oder sie müsste hoffen, dass Marie alleine dort heraus finden würde. Ben konnte sie nicht um Rat fragen. Er würde jetzt sofort zur Polizei wollen. Jetzt hatten sie endlich Beweise. Das durfte nicht passieren. Er beobachtete sie, dass hatte er selbst gesagt. Doch sie konnte sich auch nicht einfach stellen. Marie war ihre Arbeitskollegin. Sie waren noch nie befreundet gewesen und ihr Mann suchte auch schon nach ihr. Sie werden sie finden, sagte sich Kate immer wieder. Sie hatte einfach zu viel Angst und zerriss den Brief und das Foto. Ihr eigenes Leben war ihr wichtiger. Sie kam sich zwar herzlos vor, doch es schien die einzige Möglichkeit Phillip Albers zu entkommen. Oder sollte sie lieber Nico sagen? Nein, jetzt war sie sich endgültig sicher. Nico kann es nicht gewesen sein. Was auch immer er an ihrem Schließfach gemacht hatte, er könnte keinen Menschen töten. Vielleicht war es noch nicht einmal Nico gewesen. Sie hatte ihn nicht selber an ihrem Schließfach gesehen und Rita kannte ihn nicht. Die Polizei würde Marie finden und den wahren Täter gerecht bestrafen. Jetzt würde alles besser werden. Er würde Kate in Ruhe lassen, so wie er es geschrieben hatte. Sie beschloss ihr altes Leben zurück zu bekommen.

# 11

Jetzt hatte er es endgültig versaut. Kate hatte zwar gelächelt, doch er wusste, dass sie etwas unternehmen würde. Er hatte solche Angst um sie. Wenn sie alleine etwas unternahm, brachte sie sich nur in Gefahr. Aber was sollte er tun? Er konnte ihr nicht immer hinterher rennen.

>>Scheiße man!<< Er trat gegen die Wand und schrie. Immer wieder gingen ihn Daniels Worte durch den Kopf. Empfand er wirklich mehr als Freundschaft für Kate? Das wäre ihn doch über all die Jahre aufgefallen oder nicht? Er setzte sich wieder an den Küchentisch zurück. Sein Kaffee war schon kalt geworden, doch er trank ihn trotzdem in einem Zug aus. Er schmeckte scheußlich, doch das merkte er gar nicht. Er sprang auf und zog sich seine Jacke an. Er wollte zu ihr fahren, um noch einmal mit ihr zu reden.

Er würde auch zur Polizei mitkommen, wenn sie unbedingt wollte. Er wollte ihr das Gefühl geben, dass sie niemals alleine war. Entschlossen stieg er in den Wagen und fuhr los.

Marie lag weinend auf dem Boden. Ihre Schmerzen waren immer stärker geworden. Ihr wurde immer bewusster, wie dringen sie einen Arzt benötigte. In ihrer Wunde, die aus den Resten des Armes bestand, fing es schon an nach verwestem Fleisch zu riechen. Es pochte, wie verrückt. Sie hatte das Gefühl, dass ihr ganzer Arm schmerzte, obwohl so gut wie nichts mehr von ihm vorhanden war. Er wechselte zwar oft den Verband und hatte wirklich ärztliche Erfahrung, aber wie sollte so eine Wunde in einem Keller heilen? Ihr Arm brannte und sie war vor ein paar Minuten gerade wieder zu Bewusstsein gekommen. Sie schrie. Ein paar mal schon dachte sie, sie würde sterben vor Schmerzen. Sie hatte schon überlegt, sich umzubringen. Alles wäre so schnell vorbei. Doch sie träumte immer wieder vom Lachen ihrer Kinder. Leo war drei und Judith zwei Jahre alt. Sie waren ihr ganzer Stolz. Nein, sie musste sie einfach wiedersehen. Ihr Mann Jochen hatte ihr immer beigestanden. Jetzt durfte sie ihn nicht mit den Kindern alleine lassen. Sie würde hier herauskommen. Traurig schaute sie nach oben. Da sah sie es. Das Rohr zog sich durch den gesamten Raum. Am rechten Ende des Raumes war es locker. Wenn sie es schaffen würde, dort herüber zu rutschen, dann könnte sie es lockern und die Fessel vom Rohr ziehen. Sie hatte vorhin etwas zu Essen bekommen und ihre Kräfte könnten ausreichen, um hier herauszukommen. Voller Hoffnung begann sie sich zu bewegen. Sie kam nur langsam voran, doch es klappte. Langsam schob sie sich weiter. Ihr Arm brannte, doch sie ignorierte den Schmerz.

>>Ich komme wieder zu euch.<< Sie wiederholte es wie in Trance und dachte an ihre Familie. Doch da, der Schock.

Sie hörte ihn kommen. Sein Wagen parkte vor der Hütte. So schnell sie konnte, versuchte sie zurück zu rutschen. Er würde bemerken, wenn sie sich bewegt hatte. Ihre Blutlache war soweit im Raum verlaufen, dass sie nur ein Stück zurück rutschen musste. Es dürfte jetzt nicht mehr auffallen, dass sie an einer anderen Stelle saß. Da stand er auch schon im Raum.

>>Der Brief ist verschickt Marie. Wenn du Glück hast, wird Kate bald kommen und du kannst gehen. Hört sich gut an, oder nicht?<< Marie spürte Hoffnung aufkommen. Auch er schien fröhlich zu sein.

>>Doch ich muss dir leider noch etwas sagen. Die ersten drei Stunden sind vorbei. Und ich will meine Drohung ja nicht einfach so leer im Raume stehen lassen.<< Marie dachte, sie hätte sich verhört. Er wollte ihr doch nicht wirklich noch mehr Verletzungen zufügen. Bald würde sie sterben. Den Gedanken konnte sie einfach nicht mehr verdrängen. Er zückte schon wieder sein Messer. Lang-

sam kam er wieder näher. Doch diesmal war Marie vorbereitet. Sie holte aus und trat ihn mit aller Kraft in den Magen. Er flog ein Stück zurück und röchelte. Eine Augenblick lang blieb er liegen. Dann stand er auf und sah noch wütender aus. >>Okay, wenn du es nicht anders willst, du Schlampe!<< Er knallte die Tür zu und rannte nach draußen. Marie hatte ein ungutes Gefühl. Er kam mit lauten Schritten zurück. Als er ins Zimmer trat, riss Marie ihre Augen weit auf. Er kam mit einer Axt zurück.

>>Ich wollte eigentlich nur deinen Zeh haben. Doch du weißt anscheinend nicht, wie man seinen Fuß richtig benutzt.<< Jetzt grinste er und schaute sich die Axt noch einmal genau an. Er kam jetzt ein zweites mal auf sie zu. Da geschah alles ganz schnell. Schreiend stürzte er sich auf sie. Marie machte die Augen zu und hoffte, dass alles ganz schnell vorbei sein würde. Er traf direkt ihren Knöchel und trennte den Fuß ab. Marie schrie so entsetzlich, wie selbst er es noch nie ge-hört hatte. Erst schaute er erstaunt,

dann lachte er. Er nahm ihren Fuß mit und ging nach draußen. Einmal drehte er sich noch um und sprach mit ihr.
>>Wenn du lieb bist, verbinde ich dir die Wunde später.<< Dann flog die Tür zu.


Kate saß in ihrem Wohnzimmer. Sie hatte sich schon lange nicht mehr entspannt. Doch es fühlte sich an, als wäre alles vorbei. Manchmal dachte sie an Marie, dass musste sie zugeben, aber mit jedem Gedanken war sie sich sicherer, dass sie gefunden werden würde. Sie entspannte endlich einmal und schaute sich gerade einen Film an, als es an der Tür klingelte. Sofort geriet sie wieder in Panik. Sie stand auf und öffnete ängstlich. Ben stand draußen und lächelte freundlich.
>>Darf ich rein kommen?<< Kate ließ ihn rein und sie nahmen im Wohnzimmer Platz. Damit hatte sie nicht gerechnet. Ben fing an zu reden.
>>Ich weiß, dass es die letzten Tage schwer für dich war Kate. Vielleicht hat-

test du manchmal das Gefühl, dass ich dich nicht verstehe oder dir nicht glaube, aber ich war selber ein wenig überfordert. Du sollst nur wissen, dass ich zu dir halte und wir auch zur Polizei gehen können, wenn du möchtest.<< Kate war gerührt. Sie wusste doch, dass Ben zu ihr hielt. Und sie war sich schon wieder unsicher, ob sie nicht doch mehr für ihn empfand. Vielleicht sollte sie ihm von dem Brief erzählen. Doch den Gedanken verdrängte sie schnell wieder. Es war jetzt auch nicht der richtige Zeitpunkt, um über Gefühle zu sprechen. Das musste warten.

>>Ben, das ist echt super lieb von dir, aber ich kann dich ja auch verstehen. Du hattest recht, ich steigere mich da zu sehr rein. Zur Polizei müssen wir auch nicht mehr. Du hast es doch selbst gesagt, wir haben keine Beweise. Ich habe das Gefühl, dass alles wieder gut wird.<< Kate lächelte ihn glücklich an. Doch Ben war total verwirrt. Wieso wollte sie nicht mehr zur Polizei? Und warum ging sie auf einmal so locker mit der

ganzen Situation um?

>>Ähm...okay, das war eigentlich alles. Ich gehe dann mal wieder.<< Ben machte sich auf den Weg zur Tür. Kate bot ihn an, noch mit zu ihm zu kommen, doch er lehnte dankend ab. Was war mit Kate passiert? Langsam machte er sich auf den Weg. Er musste noch einmal über alles nachdenken.

# 12

Es war die erste Nacht, in der Kate wieder richtig geschlafen hatte. Sie hatte seit langem einmal wieder ausgeschlafen und fühlte sich richtig erholt. Sie wurde von keinen Alpträumen aus dem Schlaf gerissen und bekam keine nächtlichen Anrufe. Sie saß gerade gemütlich beim Frühstück und freute sich auf die Arbeit, als es an der Tür klingelte. Genervt stand sie auf, um zu öffnen. Sie dachte es wäre Ben, doch es stand ein wildfremder Mann vor ihrer Tür. Erschrocken zuckte er zusammen, als Kate die Tür schwungvoll öffnete. Er starrte sie mit großen Augen an. Sie waren gerötet und er sah aus, als wenn er die ganze Nacht durchgeweint hätte. Allgemein wirkte er ziemlich verletzlich und in sich gekehrt. Er war ziemlich klein und etwas breiter gebaut. Sein schwarzes Haar war zerzaust  und wehte

vom Wind noch mehr durcheinander.
>>Hallo, es tut mir leid, wenn ich störe,
aber darf ich hereinkommen?<< Der
Mann starrte Kate an. Sie hatte ihn noch
nie zuvor gesehen. Trotz ihrer
Bedenken, sagte ihr das Gefühl, dass er
ihr nichts böses wollte. Sie setzten sich
zu zweit in die Küche und Kate fragte,
ob sie Tee aufsetzen solle. Er lehnte
dankend ab und kaute nervös auf seinen
Fingernägeln.
>>Tut mir leid, ich habe mich noch gar
nicht vorgestellt. Ich bin Jochen Weber.
Maries Mann.<< Kate schluckte. Ihr
wurde klar, warum dieser Mann so
verstört aussah. Es war eine ganze Weile
still, bis Kate versuchte, die richtigen
Worte zu finden.
>>Es tut mir wirklich leid, was mit ihrer
Frau passiert ist.<< Mehr viel Kate nicht
ein. Ihr schlechtes Gewissen drohte sie
aufzufressen.
>>Das muss ihnen nicht leid tun. Sie
können ja auch nichts dafür. Ich will sie
auch wirklich nicht weiter aufhalten,
aber haben sie wirklich keine Idee, was

mit Marie passiert sein könnte?<<
Jochen schaute sie erwartungsvoll an.
Kate war den Tränen nahe und konnte
seinem Blick nicht stand halten. Sie
schaute zu Boden. Ihr wurde klar, wie
wenig sie über Marie wusste. Sie hatte
ihr einmal erzählt, dass ihr Mann als Arzt
im Krankenhaus arbeite. Außerdem
erzählte sie fast jeden Tag von ihren
Kindern. Und jetzt war sie vielleicht
schon tot.
>>Ich verspreche ihnen, alles was ich
weiß der Polizei zu melden. Doch im
Moment kann ich ihnen auch nicht weiter
helfen.<< Es fiel Kate unheimlich
schwer, diese Worte über die Lippen zu
bringen.
>>Ich danke ihnen.<< Mit diesen
Worten stand Jochen auf und verließ die
Küche. Kate blieb regungslos sitzen und
hörte, wie er durch die Haustür ihre
Wohnung verließ. Dann fing sie an zu
weinen. Sie hatte immer wieder das Bild
von Marie vor Augen. Dieses
schreckliche Bild, was sie seit Tagen zu
verdrängen versuchte. Marie hätte schon

frei sein können. Alles nur, weil sie so feige war. Wenn ihr Mann schon so am leiden war, wie musste es den Kindern dann gehen? Was hatte sie nur getan? Schnell sprang sie auf und zog sich ihre Jacke über. Sie würde zu den Bahnschienen gehen. Sie war sich sicher, dort Bilder zu sehen, die sie nie wieder vergessen könnte. Sie steckte sich ein Taschenmesser in ihre Jacke und hoffte, dass sie es nicht brauchte. Doch ihr Gefühl sagte etwas anderes. Hoffentlich kam ihre Entscheidung noch nicht zu spät.

>>Wach doch auf!<< Wild rüttelte er an Maries Schulter.
>>Was ist denn los mit dir?<< Marie lag regungslos am Boden. Die Blutlachen hatte sich in Sekundenschnelle vergrößert. Er war gerade zurückgekommen, um die Blutung zu stoppen. Dann hat er sie genauso vorgefunden. Schnell legte er zwei Finger an ihren Hals. Sie lebte noch, aber ihr Puls war schwach. Sie

durfte so kurz vor dem Ziel nicht schlapp machen. Schnell erneuerte er alle Verbände und stoppte die Blutung an ihrem Fuß. Sie würde schon wieder aufwachen. Er verließ den Raum und setzte sich an seinen kleinen Tisch. Er dachte an Kate und fragte sich, wann sie denn endlich kommen würde. So herzlos kann doch keiner sein. Er hatte schon lange mit ihr gerechnet, doch sie tauchte einfach nicht auf. Früher oder später würde sie kommen. Ihr schlechtes Gewissen wird sie hier her führen. Da war er sich sicher. Nur Marie musste noch durchhalten.

Ben saß in seinem Wohnzimmer. Irgendetwas stimmte nicht. Er hätte bei Kate bleiben sollen. Warum wollte sie nicht mehr zur Polizei? War sie in Gefahr? Tausend Gedanken gingen ihm durch den Kopf. Er wusste, dass etwas nicht stimmte. Es war noch nicht alles vorbei, sowie Kate es gesagt hatte. Sie konnte doch nicht tagelang in Panik leben und dann beschließen, dass alles

vorbei war. Er wollte gerade weiter rät-
seln, als das Telefon klingelte. Er sprang
auf und rannte los. Es war bestimmt
Kate.

>>Hallo Kate?<< Ben war ganz außer
Atem.

>>Hallo Ben, hier ist Jane.<< Ein wenig
enttäuscht versucht Ben normal zu wir-
ken.

>>Oh hey, wie geht's dir Jane?<<

>>Ganz gut, aber kannst du mir sagen,
wo Kate ist ? Wir wollten in der Mittags-
pause Kaffee trinken gehen, aber sie war
nicht auf der Arbeit. Abgemeldet hat sie
sich auch nicht und bei ihr zuhause hab
ich es auch schon probiert.<< Ben wurde unruhig. Etwas lief hier gewaltig
schief.

>>Nein, tut mir leid, aber vielleicht hat
sie verschlafen. Ich schaue gleich mal
nach ihr und melde mich dann.<< Ohne
auf eine Antwort zu warten, legte Ben
auf. Er rannte zu seinem Wagen. Wo war
Kate? Er musste sie unbedingt finden.
Der Motor seines Wagens heulte auf und
er raste die Auffahrt hinunter. Die Reifen

quietschten, als er nach rechts abbog.
Wo sollte er hin? Kate war nicht zuhause, das hatte auch Jane ihm bestätigt.
Doch das erste Ziel, das er ansteuerte,
war Kates Wohnung. Er hatte keine An-
haltspunkte und musste sich ganz auf
sein Gespür verlassen. Er wurde immer
nervöser und Schweiß tropfte ihm von
der Stirn. Leise flüsterte er vor sich hin.
>>Kate, wo bist du nur?<<

# 13

Kate lief durchs hohe Gras. Es war gewachsen, seit sie mit Ben hier war. Verzweifelt suchte sie die Stelle, an der sie den Turnschuh gefunden hatte, doch alles sah auf einmal gleich aus. Sie dachte schon, es wäre zu spät und war drauf und dran woanders zu suchen, als ihr ein beißender Geruch in die Nase stieg. Sie versuchte dem Geruch zu folgen und lief immer weiter in das Waldstück hinein. Dann entdeckte sie ein altes Schild. In großen Buchstaben stand dort PRIVAT. Hier war der Geruch am schlimmsten. Sie musste sich die Nase zuhalten, um den Würgereiz zu unterdrücken. Als sie etwas näher an das Schild heran trat, wusste sie, wo der Geruch herkam. Sie konnte nicht anders und musste sich übergeben. Auf den Knien hockte sie zwischen dem Gras. Tränen liefen ihr über die Wangen. Obwohl sie nicht wusste, ob es Schweiß oder Tränen waren. Wahrscheinlich beides. Sie war kurz davor, eine Panikattacke zu bekommen. Das Zeitgefühl vollkommen verloren, hockte sie dort und zitterte. Die Bilder von Maries Mann schossen ihr wieder durch den Kopf. Nein, sie würde nicht aufgeben. Sie traute sich nicht noch einmal hinzuschauen, doch das war die einzige Möglichkeit. Sie drehte sich um und schaute unter das Schild. Dort lagen Maries Arm, ihr Daumen und ihr Fuß. Fliegen und andere Insekten hatten sich bereits niedergelassen und von der Sonne fing das Fleisch bereits zu verfaulen an. Kate wurde schon wieder schlecht, doch sie unterdrückte es. Sie musste in dieses Waldstück hinein. Vorsichtig bahnte sie sich einen Weg voran und sah einen Pfeil. Das wird wohl ihre Wegbeschreibung sein. Der Pfeil war leuchtend rot und wurde mit Farbe auf einen Baum gesprüht. Er zeigte weiter in den Wald hinein. Kate konnte nur ein paar Meter des Waldes erkennen. Im hinteren Teil wurde es zu dunkel. Doch sie war sich sicher, dass dieser Pfeil sie zu Marie führen würde. Mit zitternden Knien beschloss sie, jetzt nicht mehr umzudrehen. Im Kopf hatte sie das Bild von Maries Familie und war entschlossen, sie zu befreien. Auch wenn sie nicht wusste, ob sie es selbst überleben würde. Vorsichtig ging sie einen Schritt nach dem anderen und verschwand schließlich im Wald.

>>Bitte mach die Tür auf!<< Ben stand vor Kates Haus und hämmerte wild gegen die Tür. Immer wieder schrie er ihren Namen. Jetzt hielt er inne. Er lauschte. Keine Schritte oder andere Geräusche. Wo war sie nur? Er lies sich auf den Boden sinken und legte den Kopf gegen die Hauswand. Er dachte an ihre letzten Worte. Hatte sie irgendetwas auffälliges gesagt? Hatte sie ihm irgendeinen Hinweis gegeben? Er wusste nicht, aus welchem Grund, aber er war sich sicher, dass Kate in Gefahr war. Die letzten Tage hatten nicht nur ihr ordentlich

zugesetzt. Die Minuten verstrichen und er war kurz davor, nachhause zu fahren. Er sollte dort sein, falls Kate versuchte ihn anzurufen oder sogar persönlich vorbeischaute. Doch da überkam ihn ein seltsamer Gedanke. Er wusste nicht, wie er auf die Idee kam oder ob die beiden einfach eine so starke Verbindung besaßen. Aus irgendeinem Grund, vielen ihn die Bahnschienen ein. Kate meinte, sie wolle mit der Geschichte abschließen. War das nicht der perfekte Ort dafür? Sie war nicht bei der Arbeit, nicht zuhause und auch nicht bei irgendwelchen Freunden. Mit Problemen wäre sie immer zu ihm gekommen. Er sprang auf. Von neuer Hoffnung gepackt, rannte er wieder zu seinem Wagen, den er auf Kates Auffahrt geparkt hatte. Er wollte einfach nur Kate in seine Arme schließen und sehen, dass es ihr gut ginge. Doch eine Sache bereitete ihn am meisten Sorgen. Warum hatte er nur so ein ungutes Gefühl, als wenn gerade eine riesige Katastrophe ausbrach?

Sie sah nur noch ein schwaches Licht. Er war gegangen. Wie lange er schon fort war, wusste sie nicht. Sie war bereits hier aufgewacht. Ihr erster Gedanke war, dass sie endlich tot sei. Doch anscheinend hatte sie noch eine letzte Chance bekommen. Marie lag nicht mehr in ihrem Zimmer. Sie lag mitten im Wald, auf irgendeiner Lichtung. Er muss sie hierher geschleppt haben. Doch wo war er jetzt? Sie konnte sich nicht mehr Bewegen. Ein Röcheln drang aus ihrer Kehle, als sie verzweifelt versuchen wollte, nach Hilfe zu rufen. Sie fühlte sich so hilflos, konnte nicht mehr klar denken und ihr Sehvermögen wurde immer schwächer. Sie war hier draußen und nicht mehr in dem dunklen Zimmer. Trotzdem konnte sie fast gar nichts mehr Wahrnehmen. Da überkam sie Hoffnung. Hatte Kate sie gerettet? War sie gekommen, als Marie noch ohnmächtig in ihrer Kammer lag? Lag sie deshalb jetzt hier draußen und konnte auf Hilfe hoffen? Das Kämpfen hatte sich gelohnt. Sie würde ihre Familie wieder sehen. Im Krankenhaus würde sie gut versorgt werden und sie würde schon bald ihr altes Leben wieder haben. Ein schwaches Lächeln zeichnete sich in ihrem Gesicht ab. Doch selbst das schien zu anstrengend zu sein. Sie würde nie ihr altes Leben wieder haben. Sie würde immer grässlich entstellt sein. Ein ganzer Arm fehlte ihr und der brennende Schmerz an ihrem Bein, erinnerte sie an seine letzte schreckliche Tat. Würden ihre Kinder keine Angst bekommen? Sie waren doch noch so klein. Was würden sie denken, wenn ihre Mutter auf einmal ohne Arm und rechtem Fuß nachhause kam? Sie würde immer ein Krüppel bleiben, der auf Hilfe angewiesen war. Das Licht wurde immer schwächer. Es war vorbei. Der Gedanke schoss ihr als erstes durch den Kopf. Sie würde nicht mehr lange durchhalten und hier draußen sterben. Tränen liefen über ihre Wangen. Leise flüsterte sie vor sich hin.

>>Tut mir leid meine Schätze. Mami hat

für euch gekämpft. Aber ich bin einfach zu schwach. Ich hoffe Papi wird euch gut versorgen. Ich liebe euch und werde immer bei euch sein.<< Auch wenn ihre Kinder sie nicht hörten, musste sie sich verabschieden. Leise vernahm sie ein rascheln. Es kam von rechts. Sie schlug die Augen noch einmal mit letzter Kraft auf, die sich langsam geschlossen hatten. Dort saß er. Hinter einem Busch. Zusammengekauert starrte er auf einen Fleck. Wie lange war er schon dort? Hatte er sie gehört? Marie sah ihn zum ersten mal am Tageslicht. Wo starrte er nur hin? Sie versuchte seinem Blick zu folgen. Auf einmal verstand sie alles. Vor ihr endete ein Weg, der zu dieser Lichtung führte. Sie entdeckte erst jetzt die rote Schnur, die an ihren linken Fuß gebunden war. Dann überfiel sie ein Schauer. Da kam sie. Kate rannte den Pfad entlang und wurde langsamer, als sie die Lichtung erreichte. Marie wollte schreien, doch nichts kam mehr aus ihrer Kehle heraus. Er wollte sie nie gehen lassen. Selbst wenn Kate früher gekommen wäre. Von Anfang an hatte er geplant, sie hier auf die Lichtung zu legen, um Kate aus seinem Versteck zu beobachten. Jetzt entdeckte Kate sie. Die Augen vor entsetzen weit aufgerissen, kam sie auf Marie zu gerannt. Marie wollte sie warnen, doch ihr vielen die Augen zu. Das letzte was sie hörte, war das rascheln aus dem Gebüsch neben ihr. Marie sah nur noch schwarz und ihr Atem wurde langsamer. Sie würde einschlafen. Und das für immer.

# 14

Kate war den ganzen Weg gerannt. Sie war einem langen Pfad gefolgt. Es war ziemlich dunkel und sie wurde immer schneller. Da sah sie endlich ein Licht. Sie musste richtig sein, da war sie sich ziemlich sicher. Mit letzter Kraft rannte sie, so schnell sie konnte und erreichte schließlich eine Lichtung. Sie wurde langsamer und hielt an. Sie drehte sich in alle Richtungen und schaute sich um. Irgendetwas sagte ihr, dass sie nicht alleine war. Es war unheimlich Still und sie versuchte, irgendwelche Geräusche Wahrzunehmen. Dann fand sie es. Ein Stück rote Schnur lag vor ihr auf dem Boden. Schnell folgte sie dieser ein Stück. Sie führte genau zur Mitte der Lichtung. Und dort lag sie. Kate rannte los. War sie es wirklich? Der Anblick war so schrecklich, dass sie am liebsten wieder umgedreht wäre. Sie wusste ja noch nicht einmal, ob es nicht schon zu spät war. Marie lag in einer Blutlache auf dem Boden. Ihre Augen waren geschlossen und Kate wusste nicht, ob sie überhaupt noch atmete. Sie sah noch entstellter aus, als auf dem Foto, welches in ihrem Briefkasten lag. Ihr Arm fehlte und der rechte Fuß jetzt auch. Sie sah total dreckig aus und roch unangenehm. Kate konnte den Geruch nicht einordnen, wusste aber, dass ihr nicht mehr viel Zeit blieb. Sie bückte sich herunter und versuchte Maries Puls zu fühlen. Nichts. Das konnte nicht wahr sein. Nein, Marie durfte noch nicht sterben. Sie versuchte es weiter, doch es war einfach kein Puls zu spüren. Verzweifelt fing sie an mit ihr zu reden. >>Marie, ich bin jetzt bei dir. Du kannst deine Augen aufmachen, es wird alles wieder gut. Ich bringe dich hier raus.<< Keine Reaktion. Kate brach in Tränen aus. Es war alles ihre Schuld. Marie war tot. Sie war so sehr mit dem leblosen Körper vor ihr beschäftigt, dass sie das

Rascheln der Büsche neben ihr nicht
wahrnahm.

Ein roter Pfeil. Ben hatte eine Ewigkeit
nach irgendeinem Hinweis gesucht und
nun endlich diesen Pfeil gefunden. Hatte
Kate ihn gemalt? Wusste sie, dass er ihr
folgen würde? Und wo kam dieser
schreckliche Gestank her? Ben lief unruhig hin und her. Was war, wenn dieser
Pfeil gar nichts mit Kate zu tun hatte?
Wahrscheinlich würde er Stunden lang
durch irgendein verlassenes Waldstück
irren, während Kate seine Hilfe brauchte.
Zum ersten mal liefen ihm Tränen über
die Wangen. Er sah Kate. Sie saß auf
seinem Sofa und lachte ihn an. Die beiden machten einen ihrer DVD Abende
und sie war fröhlich und ausgelassen,
wie immer. Er hatte sich über sie lustig
gemacht, da sie jetzt schon das dritte
mal, während des ersten Films weinte.
Sie knuffte ihn in den Arm und versuchte
wütend zu klingen.
>>Das ist nicht lustig Ben. Das ist einer

meiner Lieblingsfilme.<< Doch dann musste sie lachen. Sie wusste, dass Ben nur Spaß machte und kuschelte sich an ihn. Ben lächelte schwach. Dieser Tag war noch gar nicht so lange her. Die letzten Tage war Kate so verstört und traurig gewesen. Warum hat er nicht besser auf sie aufgepasst? Vielleicht konnte er Kate jetzt nie wieder in die Arme schließen. Und das ausgerechnet jetzt, wo ihm klar wurde, was er eigentlich für sie empfand. Plötzlich stolperte er über etwas. Er sah nach unten und erstarrte. Dort lag ein Arm. Ein abgetrennter Arm, der eindeutig von einem Menschen stammte. Ben taumelte zurück. Jetzt sah er auch den Fuß und den Daumen, der direkt daneben lagen. Und mit einem mal wusste er, dass er hier richtig war. Er rannte in den Wald hinein und hoffte, dass es nicht schon zu spät wäre.

Er saß in seinem Versteck und beobachtete sie. Ganz aufgelöst hockte sie über Marie gebeugt. Sie sprach mit ihr und versuchte immer noch, ihren Puls zu finden. Tut mir leid Kate, aber es ist leider zu spät. Seine Gedanken brachten ihn zum Grinsen. Er wollte sich das Schauspiel noch ein wenig anschauen. Kate war jetzt dort und würde auch nicht mehr entkommen. Es machte ihm Spaß, sie so leiden zu sehen. Er bewegte sich vorsichtig und das Gebüsch begann zu rascheln. Kurz geriet er in Panik. Nein, sie hatte ihn nicht gehört. Er atmete erleichtert auf. Sie würde es wahrscheinlich nicht einmal merken, wenn er direkt neben ihr stehen würde. Für Kate hatte er sich etwas ganz besonderes ausgedacht. Seine Hütte hatte er ein wenig...umdekoriert. Ja, so konnte er es sagen. Kate war der Meinung, sie würde leiden. Doch wenn er sie erst einmal mitnehmen würde, dann wird sie wissen, was leiden wirklich bedeutete. Die Vorfreude machte ihn förmlich verrückt. Er konnte nicht länger warten. Vorsichtig stand er auf und wollte sein Versteck verlassen. Nein, das durfte einfach nicht wahr sein. Schnell lies er sich wieder ins Gebüsch fallen. Was machte der jetzt schon wieder hier? Er war wütend. Ben kam gerade den Pfad entlang gerannt und erreichte jetzt auch die Lichtung. Seine ganzen Pläne waren durchkreuzt. Kate konnte er überwältigen, doch was sollte er mit Ben anstellen?Er spitzte die Ohren. Er hörte, wie Ben und Kate miteinander sprachen. Dann lächelte er wieder. Wie es aussah, würde sich das Problem von ganz alleine lösen.

# 15

Kate hockte immer noch über Marie gebeugt. Sie fühlte sich so schwach und verlassen. Doch sie rannte nicht weg. Sie musste hierbleiben. Wenigstens das, war sie Marie schuldig. Feige hatte sie sich verkrochen und anstatt zu helfen, war ihr ihr eigenes Leben wichtiger. Sie fühlte sich so schlecht. Wer auch immer das Marie angetan hatte, musste bezahlen. Ihre Trauer verwandelte sich in Wut. Sie würde hier warten, bis er erscheine. Sie wusste, dass früher oder später jemand auftauchen würde. Schließlich wollte er sie haben und nicht Marie.

>>Kate!<< Sie drehte sich ruckartig um. Sie kannte die Stimme nur zu gut und riss die Augen auf. Ben kam auf sie zu gerannt.

>>Bleib wo du bist!<< Kate sprang auf. Ben verstand gar nichts mehr. Was war

mit ihr los?

\>\>Kate was ist los? Ich bins Ben.\<\<

Ben blieb stehen und hob die Hände, um
ihr zu zeigen, dass er ihr nichts tun würde. Kate konnte es nicht fassen. Deshalb
wollte er ihr nicht glauben. Deshalb sollte sie nicht zur Polizei. Und deshalb fand
Ben die ganze Geschichte auch nicht unheimlich.

\>\>Warum tust du mir das an? Hast du
nicht gesehen, wie ich leide? Ben, du
bist mehr als ein Freund für mich. Wie
kannst du so etwas tun?\<\< Kate schrie
ihn an. Ihre Stimme war von Tränen er-
stickt. Ben war immer noch sprachlos.
Wie konnte Kate so etwas von ihm denken?

\>\>Wieso traust du mir so etwas zu? Wie
lange kennst du mich jetzt schon Kate?
Ich könnte dir niemals etwas antun.\<\<
Zu viele Gefühle prasselten auf Ben ein.
Er war enttäuscht und traurig, aber auch
wütend, dass sie überhaupt daran dachte, ihn zu verdächtigen. Auf einmal griff
er in seine Hosentasche und zog ein
Messer hervor. Es blitzte hell in der Son-

ne auf. Dann trat er einen Schritt auf Kate zu.

>>Bleib weg oder ich wehre mich!<< Kate hob einen großen Stein auf, der neben ihr lag und zielte auf Ben.

>>Ich bin dir doch nur gefolgt, weil ich mir Sorgen um dich gemacht habe. Komm, ich helfe dir.<< Das war zu viel für Kate. Ben trat jetzt mehrere Schritte auf sie zu. Sie holte aus und warf den Stein direkt in seine Richtung. Der Stein traf ihn genau am Kopf und er viel zu Boden. Da blieb er liegen und rührte sich nicht mehr. Kate rannte zu ihm. In seiner rechten Hand hielt er sein Handy.

>>Scheiße!<< Kate war klar, er hatte nie ein Messer bei sich gehabt. Er wollte Hilfe holen. Aus Bens Kopf rann Blut. Er hatte eine riesige Platzwunde und wahrscheinlich auch eine Gehirnerschütterung.

>>Ben es tut mir so leid! Bitte verlass mich nicht auch noch.<< Sie kniete neben ihm und konnte nicht glauben, was Panik in ihr ausgelöst hatte. Sie hatte ihren besten Freund verletzt. Wenn sie

ihm nicht schnell half, würde er sterben. Schnell schnappte sie sich sein Handy und wählte die Nummer des Notarztes. >>Ich hole uns hier raus.<< Das war das letzte, was sie zu Ben sagte. Eine Gestalt packte sie von hinten und drückte ihr ein Tuch auf den Mund. Sie wollte schreien und sich los reißen, doch er war zu stark. Ihr wurde schwarz vor Augen.

Vorsichtig schnallte er sie fest. In der Mitte seiner Hütte hatte er eine Art Folterbank aufgebaut. Es war eine große Holzplatte, die an einen riesigen Esstisch erinnerte. An allen vier Ecken waren Schnallen aus Metall angebracht, in denen er gerade Kates Hände und Füße festschnallte. Er war stolz auf seine Konstruktion. Er hatte Monate auf Schrottplätzen nach dem passenden Material gesucht und hatte alles ganz alleine gebaut. Als kleiner Junge hatte er gerne mit seinem Großvater Dinge gebastelt. Sein Großvater hatte einen großen Schuppen, mit allen möglichen Sachen.

Sie haben aus Holz Stühle und Tische gebaut, die er seiner Mutter schenkte. Sein Großvater meinte immer, dass er sehr begabt sei und es später zu etwas bringen würde.

>>Danke für deine Hilfe. Heute bringe ich es wirklich zu etwas.<< Es war ziemlich hart für ihn, als sein geliebter Großvater ein Jahr später starb. Lange hatte er sich zurück gezogen und nie wieder ein Stück Holz angefasst. Bis jetzt. Er lachte laut. Neben der Holzplatte stand ein kleiner Servierwagen mit einem Tablett. Er hatte dort sorgfältig seine Instrumente aufgebaut. Messer, Scheren und andere kleine Dinge, wie Pinzetten. Er konnte sein fertiges Werk schon vor sich sehen. Da begann Kate zu stöhnen. Sie wachte auf. Er sah, wie sie langsam die Augen öffnete und sich verwirrt umsah. Es war endlich so weit.

Das Licht blendete sie. Schnell kniff sie die Augen wieder zu. Wo war sie? Ihre Augen brannten, von dem starken

Licht und sie musste ein paar mal blinzeln, bis sie endlich etwas erkennen konnte. Über ihr hing eine Lampe von der Decke und strahlte ihr direkt ins Gesicht. Sie konnte sich nicht Bewegen. Ihre Arme und Beine waren festgeschnallt. Ihr Körper lag total gestrafft auf einer Art Holztisch und sie fühlte sich, wie in einem Operationssaal. Das erste mal begriff sie, in was für einer Gefahr sie sich befand und Panik stieg in ihr auf. Sie begann zu schwitzen und versuchte, sich mit aller Kraft nur ein wenig zu bewegen. Dann schoss ihr Ben wieder in den Kopf. Wo war er? Sie musste ihm helfen. Ging es ihm gut? Und wo war sie überhaupt?

>>Wie ich sehe bist du aufgewacht.<< Die Stimme kam aus einer Ecke des Raumes, die komplett im Dunkeln lag. Kate versuchte, ihren Hals in die Richtung zu drehen, doch sie war einfach zu fest angebunden.

>>Wer sind sie? Was wollen sie von mir?<< Ihre Stimme zitterte.

>>Du erkennst meine Stimme nicht? Ich

bin enttäuscht von dir meine liebe Kate.<< Jetzt wo er es sagte, kannte sie die Stimme wirklich. Kate hatte ihn schon irgendwo einmal gehört. Doch es wollte ihr einfach nicht einfallen. Dann hörte sie Schritte. Er kam näher. Und schließlich beugte er sich über sie und grinste sie an. Ihr Augen weiteten sich. Ja, jetzt erinnerte sie sich an ihn. An die Stimme, an das Lachen. Er war es auch am Telefon. Er war in ihrem Haus. Er hat sie Tage lang in Panik versetzt. Und sie hätte niemals gedacht, dass ausgerechnet er, zu so etwas fähig wäre. Er nahm seine Brille ab und wischte sie kurz an seinem T-Shirt ab. Dann lächelte er ihr wieder freundlich zu.

>>Danke, dass du auf all meine Briefe geantwortet hast.<< Jetzt klang er wütend.

>>Nico, es tut mir leid.<< Mehr wollte Kate einfach nicht einfallen. Sie war immer noch geschockt, ihn vor sich zu sehen. Und sie hatte wirklich noch geglaubt, er wäre zu so etwas nicht fähig.

>>Es tut dir leid? Mehr fällt dir nicht

ein? Danke, dass du so viel für mich übrig hast.<< Jetzt wand er sich ab. Er schien echt verletzt zu sein.

>>Nein, wirklich Nico. Wenn du möchtest, können wir etwas zusammen machen. Versprochen, aber mach keinen Scheiß. Die Polizei wird dich finden und was hast du davon, wenn du mir jetzt etwas antust?<< Kate fand ihre Überzeugung ziemlich gut. Und tatsächlich, drehte er sich wieder um und schaute sie an.

>>Was ich davon habe? Ich sehe dich leiden. Du sollst leiden, genauso wie ich. Ich habe Monate lang gehofft, eine Antwort von dir zu bekommen. Glaub mir, ich weiß was leiden bedeutet. Aber du bist dir ja zu schön, um dich zu melden. Wenn ich dich nicht haben kann, dann auch nicht Ben oder irgendein anderer. Du würdest doch sowieso nicht mit mir ausgehen und selbst wenn doch, die Polizei wird mich finden. Schließlich habe ich Marie auf dem Gewissen. Wobei ich zugeben muss, es hat mir Spaß gemacht.<< Ben schoss ihr wieder in den

Kopf. Vielleicht hatte sie den Notruf mit seinem Handy noch erreicht und sie hatten es geortet. Es war der letzte Funke Hoffnung. Sie musste Zeit schinden.

>>Wahrscheinlich hast du Recht. Was ich getan habe war falsch. Aber bevor ich dafür bezahle, musst du mir einfach verraten, wie du das alles geschafft hast. Die Anrufe, der Einbruch und woher wusstest du von Phillip Albers?<<

Nico schien geschmeichelt zu sein. Kate wusste, dass er ihr jetzt stolz seinen Plan präsentieren würde und sie konnte nichts tun, außer zuhören, nachfragen und hoffen.

>>Ach Kate, das war gar nicht so schwer. Ich muss dir etwas gestehen. Ich beobachte dich schon ein wenig länger. Ich wusste also, dass ihr am Freitag in Bens Garten sitzen werdet. Marie hatte ich schon entführt und auf die Schienen gefesselt. Ich weiß doch, wie schnell du in Panik gerätst und konnte nur hoffen, dass ihr Schrei dir keine Ruhe lassen wird. Doch dann hat Daniel mich auf diese grandiose Idee mit Phillip Albers

gebracht. Ich habe euch nur durch Zufall gehört und mir war klar, dass ich dich so in den Wahnsinn treiben kann. Der Rest war einfach. Deine Handynummer hatte ich und ich wusste auch, dass dein Fenster kaputt war. Ich habe schließlich über Monate eine Menge Informationen über dich gesammelt. Die Idee mit den Anrufen und dem Einbruch kamen dann ganz spontan. Und wie du siehst, war mein Plan perfekt. Schließlich liegst du jetzt hier, bei mir.<< Kate war schlecht geworden. Sie war über Monate beobachtet und bespannert worden und hatte nichts gemerkt. Der Gedanke war echt unheimlich. Sie musste sich zusammen reißen. Es war nicht genug Zeit vergangen und Nico hatte sich schon seinem Tablett zugewannt.

>>Und der weiße Turnschuh? Woher wusstest du von meinem Traum?<< Diese Frage interessierte sie wirklich. Es schien funktioniert zu haben. Er drehte sich um und sah sie an.

>>Ich frage mich auch schon die ganze Zeit, wie ich das gemacht habe. Als ich

dich und Ben beobachtet habe, wie ihr den Turnschuh fandet, war ich selber überrascht. Du hattest genau das geträumt. Meinst du nicht auch, dass wir eine gewisse Verbindung haben?<< Er grinste nur dumm. Sie glaubte ihm kein Wort. Vielleicht hatte er das Telefongespräch mit angehört. Sie hatte Ben den ganzen Traum am Telefon erzählt.

>>Du musst keine Zeit schinden. Es wird dir keiner zur Hilfe eilen. Wir können also gleich mit unserem Experimenten anfangen.<< Er hatte ein scharfes Messer in der Hand und trat auf sie zu. Ihre Augen weiteten sich und sie schrie. Alle Hoffnung war mit einem Schlag ausgelöscht und sie wusste, dass er ihr keinen schnellen Tod gönnen würde.

>>Na na na. Hör auf zu schreien oder ich muss dir den Mund zukleben.<< Er grinste und stand jetzt direkt neben ihr. Dann holte er aus und rammte ihr das Messer in den Bauch.

# 16

Eine warme Flüssigkeit lief ihren Körper herunter und tropfte auf den dunklen, schmutzigen Boden der Hütte. Sie spürte, den stechenden Schmerz und das Atmen viel ihr schwer. Kate röchelte.

>>Bitte lass mich gehen. Ich verrate niemanden etwas.<< Sie wusste, dass sie dieses Versprechen wirklich gehalten hätte. Sie wollte nur raus hier. Zu ihrem Verwundern sah sie, wie Nico neben ihr stand und weinte.

>>Denkst du ich lasse mich verarschen? Die Polizei findet mich sowieso und das ist mir auch egal. Ich will dich nur leiden sehen, bevor ich im Gefängnis sitze. Ich werde mir immer wieder das Bild, deines vor Schmerz verzerrtem Gesicht vorstellen können. Verstehst du jetzt? Also sei still, es geht jetzt weiter.<< Langsam glitt er mit dem Messer über ihren Arm.

Er wusste genau, was er tat. Er hatte
das Messer so in ihren Bauch gerammt,
dass er keine lebenswichtigen Organe
verletzt hatte. Er wird sie hier noch
Stunden lang am Leben halten können
und zusehen, wie sie sich quälte. Bis er
ihr schließlich erlauben würde, zu sterben. Jetzt setzte er die klinge am Oberarm an und schnitt ganz leicht bis zu ihrer Hand. Es brannte wieder höllisch und
Kate schrie auf. Er lachte und freute sich
über die Angst und Verzweiflung in ihren
Augen.
>>Weißt du Kate, ich habe es mir an-
ders überlegt. Ich wollte dich eigentlich
mit ansehen lassen, wie ich dich quäle,
aber ich will gnädig sein. Die Hälfte er-
spare ich dir.<< Kate verstand nicht.
Will er sie doch gehen lassen? Wieder
ein kleiner Hauch von Hoffnung. Bis ihr
klar wurde, was er gemeint hatte. Er
glitt mit dem Messer zu ihrem Gesicht.
Nur die Hälfte ansehen lassen. Er wollte
ihr ein Auge ausstechen.
>>Nein! Bitte tu mir das nicht an!<<
Sie weinte. Wahrscheinlich die letzten

Tränen, die sie in ihrem Leben vergießen würde. Er holte mit dem Messer aus. Dann fing er an zu schreien und Kates Augen schlossen sich reflexartig. Sie wollte einfach nur, dass alles schnell vorbei geht. Doch sie spürte keinen Schmerz. War sie schon tot? War alles vorbei? Sie hatte die Augen noch immer geschlossen. Nein, er hatte noch gar nicht begonnen. Sie öffnete die Augen. Er hatte das Messer wieder gesenkt. Tränen strömten immer noch über sein Gesicht. Jetzt glitt das Messer zu Boden und klirrte. Kate starrte ihn an. Zu ihrem Verwundern, versuchte er ihre Fesseln zu lösen.

>>Ich wollte dir nicht wehtun. Das sollte alles ganz anders laufen. Ich wollte dich doch nur für mich haben. Aber dann hat er....<< Da hörte sie einen dumpfen Schlag. Nico konnte nicht zu ende sprechen. Er sank zu Boden.

Diese unglaublichen Schmerzen hörten einfach nicht auf. Er lag immer noch auf der Lichtung und hielt seinen Kopf fest. Ben war wieder zu Bewusstsein gekommen und hatte gesehen, wie er Kate mitnahm. Er hatte sie einfach mit in seine Hütte gezerrt. Ben wollte hinterher, doch seine Versuche aufzustehen, waren gescheitert. Er durfte Kate nicht gehen lassen. Er versuchte sich wieder aufzurichten. Kurz konnte er stehen, dann musste er sich übergeben. Wahrscheinlich hatte er eine Gehirnerschütterung. Auch die Wunde an seinem Kopf, blutete immer noch. Dann musste er halt auf allen Vieren zur Hütte. Er schnappte sich den Stein, der immer noch neben ihm lag und fing an zu kriechen. Er kam nur langsam voran, aber er musste etwas tun. Der Schwindel, der ihn immer wieder zu Boden gerissen hatte, verflog ein wenig. Er versuchte es noch einmal. Und tatsächlich, konnte er vorsichtig gehen. Es schien eine Ewigkeit zu dauern, bis er bei der Hütte ankam. Sie stand nur ein paar Meter entfernt, am Rande der Lichtung. Vorhin war sie ihm noch gar nicht aufgefallen. Sie wirkte schäbig und heruntergekommen. Vorsichtig schlich er zur Tür. Er lauschte und versuchte so leise wie möglich zu sein. Da hörte er sie.

>>Nein! Bitte tu mir das nicht an!<< Dieser Satz hatte gereicht, um ihn die letzte Kraft zu geben. Er trat die Tür auf und schlug der Gestalt, die überrascht vor ihm stand, auf den Kopf. Starr schaute er auf Nico, der vor ihm auf den Boden lag. Dann sackte auch er wieder zusammen.


Es war Ben. Sie schaute neben sich auf den Boden. Dort lag Nico. Ben stand in der Tür und hielt einen Stein in der Hand. Dann glitt er vorsichtig auf den Boden.

>>Ben! Hilf mir bitte! Es tut mir so leid ich wollte dich nicht verletzen!<< Zu viele Gefühle prasselten auf Kate ein. Doch Ben antwortete nicht. Er lag bewusstlos auf dem Boden und rührte sich nicht. Sie musste irgendwie von diesem Tisch herunter. Aus ihrem Bauch rann

noch immer Blut und die Schmerzen waren kaum auszuhalten. Doch sie ignorierte das alles. Ben hatte sie gerettet.
Jetzt musste sie ihn retten. Sie warf sich
mit aller Kraft hin und her, doch sie hing
immer noch zu stramm am Tisch. Nico
hatte es nicht geschafft, ihre Fesseln zu
lösen. Da klapperte es wieder neben ihr.
Nico hielt sich den Kopf und stand auf.
Er war nicht so stark verletzt, wie Ben.
Blut lief ihn aus einer Wunde am Hinter-
kopf herunter. Er schaute etwas verwirrt
und schien noch nicht ganz bei sich zu
sein. Langsam wollte er auf Kate zuge-
hen. Dann schlug Ben die Augen auf.

Alles war schwarz um ihn herum. Er
wusste, dass er Kate gerettet hatte.
Doch jetzt lag er wieder am Boden. Er
fühlte sich wie eingenebelt und konnte
nur gedämpft ihre Stimme hören.
>>Ben! Hilf mir bitte! Es tut mir so leid
ich wollte dich nicht verletzen!<< Das
war sie. Sie lebte noch. Erleichterung
machte sich in ihm breit. Doch er konnte

sich nicht bewegen. Er konnte nichts sehen und kam sich ziemlich hilflos vor. Hatte er Nico überhaupt getroffen? Auf einmal war er sich nicht mehr sicher. Er musste doch nur noch einmal die Augen öffnen. Dann hörte er ein Klappern. Schritte, die immer schneller wurden. Und einen verzweifelten Schrei, von Kate. Er musste sich bewegen. Adrenalin schoss durch seinen Körper. Endlich öffnete er die Augen und drehte sich auf die rechte Seite. Eins von Nicos Messern lag neben ihm auf dem Boden. Nico stand bereits wieder und war auf dem Weg zu Kate. Ben rollte sich jetzt nach links. Er zog Nico die Beine weg. Der landete neben Ben am Boden. Jetzt reagierte er blitzschnell. Er umfasste das Messer und stach auf Nico ein. Er wusste nicht, wie oft, aber er wollte einfach, dass alles vorbei war. Kates Geschrei nahm er nur gedämpft wahr. Als Nico keine Geräusche mehr von sich gab, hörte er auf. Nico lag regungslos am Boden. Ben schaute auf seinen von Blut verschmierten Körper herunter. Er hätte nicht gedacht, dass er jemals so etwas tun könnte. Dann stand er auf. Geschwächt schwankte er zu dem Tisch, auf dem Kate lag. Er befreite sie und schloss sie in die Arme.

>>Ich bin so froh, dass du noch lebst.<< Die Umarmung schien ewig zu dauern. Sie hatten beiden schwere Verletzungen.

>>Ben es tut mir so leid. Du brauchst einen Arzt, schnell!<< Er beruhigte sie und lies sie nicht mehr los.

>>Die Polizei ist unterwegs. Ich habe sie draußen mit meinem Handy angerufen. Alles wird wieder gut. Und diesmal meine ich das ernst.<< Er lächelte sie an. Kate glaubte ihm und beiden vielen die Augen zu. Doch irgendetwas beschäftigte Kate noch immer. Jetzt viel es ihr wieder ein. Was wollte Nico ihr vorhin sagen? Hatte er nicht von jemanden sprechen wollen? Keiner der beiden bemerkte, dass die Tür zum Nebenraum sich leise öffnete.

# 17

Ben fing an zu flüstern.
>>Du Kate, ich muss dir was sagen.<< Er klang geschwächt, aber sie nahm seine Worte klar und deutlich wahr.

>>Ich weiß nicht, ob jetzt der richtige Moment ist, aber...<<

>>Psst...Sei bitte mal still.<< Sie unterbrach ihn. Ihre Augen waren immer noch geschlossen. War da nicht etwas? Da hörte sie es wieder. Diesmal klar und deutlich. Schritte. Sie riss die Augen auf. Ben hatte sie immer noch im Arm und hielt die Augen geschlossen.

>>Wieso? Was ist denn los?<< Jetzt öffnete auch er die Augen. Kate schrie entsetzlich auf. Sie musste mit ansehen, wie ein dunkler Schatten hinter Ben auftauchte. Er riss Ben von ihr los und rammte ihm ein Messer in den Rücken. Ben sackte zu Boden und es bildete sich

in Sekundenschnelle eine riesige Blutlache unter ihm. Kate hörte nicht auf zu schreien. Sie sprang vom Tisch, auf dem sie immer noch saß und setzte sich neben Ben. Kein Puls. Sie spürte keinen Puls mehr. Er atmete nicht mehr.

>>Ben, du darfst nicht sterben!<< Sie hielt ihn fest und wollte sich nicht von ihm lösen. Das erste mal drehte sie sich jetzt um und schaute in ein lachendes Gesicht.

>>Jochen?<< Er war es wirklich. Maries Mann stand lachend vor ihr.

>>Hallo Kate. So sieht man sich wieder.<< Kate saß noch immer neben Ben.

>>Ich verstehe das alles nicht.<< Sie ließ ihn nicht mehr aus den Augen.

>>Dann muss ich dir wohl ein wenig helfen.<< Jetzt setzte Jochen sich auf den Tisch. Das Messer hatte er noch immer in der Hand. Er wischte es an seinem T-Shirt ab und fing an zu erzählen.

>>Weißt du Kate? Eigentlich ist es einfach blöd für dich gelaufen. Ja, so kann man es wirklich sagen. Du weißt doch sicher, dass ich im Krankenhaus arbeite

nicht wahr?<< Kate nickte. Sie verstand immer noch nichts. Wie weit war es bis zur Tür? Würde sie es hier raus schaffen? Nein, zu riskant. Ohne Ben wollte sie nicht gehen.

>>Nico ist einer meiner Patienten. Er ist mit einer starken Erkältung zu mir gekommen. Durch Zufall hatte er mich gefragt, ob ich ihm auch helfen würde, sein Übergewicht zu verlieren. Ich sagte natürlich ja und scherzte noch, ob er eine Frau beeindrucken will. Dann erzählte er mir die ganze Geschichte. Alles über dich. Er wusste wirklich alles.<< Langsam konnte Kate ihm folgen. Trotzdem verstand sie nicht, warum sie jetzt hier war. Und vor allen nicht, warum Marie sterben musste.

>>Nico hat mir erzählt, was er von mir wollte. Aber was ist mit ihrer Frau?<<

>>Nur Geduld. Das kommt alles noch. Nico war perfekt für mein Vorhaben. Er erzählte mir, von seiner Hütte im Wald und ich bot ihm an, dass er dich bekommen würde. Er musste nur Marie entführen und gefangen halten.<< Kates Atem

beschleunigte sich.

>>Marie hat sie geliebt!<< Sie schrie ihn an.

>>Geliebt? Das ich nicht lache! Die Schlampe hat mich betrogen! Und das nicht nur einmal. Ich wollte sie schon lange aus dem Weg räumen, doch auf wen fällt denn immer der erste Verdacht? Natürlich auf den netten Ehemann. Wenn die Polizei dann auch noch herausgefunden hätte, dass sie mich betrogen hat, wäre ich doch voll am Arsch gewesen. Nein, ich habe Nico das machen lassen.<< Kate wurde auf einmal klar, in wie vielen Menschen sie sich die letzte Zeit getäuscht hatte. Sie würde hier nicht lebend raus kommen. Jetzt wusste sie einfach zu viel.

>>Ich habe Nico dann die besten Tipps gegeben, wie er Marie möglichst lange quält und am leben hält. Ich bin schließlich Arzt. Jetzt hat sie für alles bezahlt. Ich wollte ihn mit dir alleine lassen, damit er seine Wut heraus lassen kann und dich schließlich tötet. Doch er wollte dich befreien. So ein Weichei. Der mochte

dich wohl wirklich gerne. Zum Glück habe ich noch drüben gewartet. Sonst wäre alles schief gegangen.<< Kate wusste nicht, wie viel Zeit vergangen war. Doch Ben konnte nicht mehr leben. Es war ihr egal, was Jochen mit ihr anstellen würde. Ohne Ben wollte sie gar nicht leben. Wahrscheinlich hatte sie das alles hier verdient.

>>Dann muss ich dich jetzt wohl still stellen. Man wird euch vielleicht irgendwann finden. Der arme Nico. Ist durch gedreht und hat alle niedergemetzelt. Ich sehe schon die Schlagzeilen vor mir.<< Jochen sprang vom Tisch auf. Er ging auf Kate zu. Sie schloss die Augen. Da sprang die Tür auf.

>>Polizei! Nehmen sie die Hände hoch!<< Dann ein Schuss. Jochen sank zu Boden.

# EPILOG

Das Licht des Krankenwagens erhellte die Lichtung. Es war bereits dunkel geworden. Kate saß zusammengekauert in einem Krankenwagen. Man hatte sie, so schnell wie möglich versorgt. Die Ärztin meinte, dass sie keine körperlichen Schäden davontragen würde. Sie würde ins Krankenhaus gebracht werden und in ein paar Monaten wieder topfit sein. Doch das interessierte sie nicht. Sie wollte gar nicht wieder fit sein. Durch das Funkgerät, welches vorne im Wagen stand, vernahm sie eine Männerstimme.

>>Wir brauchen keinen dritten Wagen mehr. Da drin gibt es niemanden mehr, der überlebt.<< Als die Ärztin kurz nach draußen ging, verließ sie heimlich den Krankenwagen. Der zweite stand nur ein paar Meter weiter. Langsam schlich sie heran und lauschte, an der offenen Tür.

>>Das wird nichts mehr.<< Eine Frauenstimme sprach mit jemanden. Dann hörte sie ein lautes summendes Geräusch.

>>Es wäre ein Wunder, wenn er bei so einer Rückenverletzung überlebt.<< Das summende Geräusch wurde immer lauter. Dann begann auf einmal eine andere Stimme zu jubeln.

>>Wir haben es geschafft! Er atmet!<<


## ENDE

www.tredition.de

## Über tredition

Der tredition Verlag wurde 2006 in Hamburg gegründet. Seitdem hat tredition Hunderte von Büchern veröffentlicht. Autoren können in wenigen leichten Schritten print-Books, e-Books und audio-Books publizieren. Der Verlag hat das Ziel, die beste und fairste Veröffentlichungsmöglichkeit für Autoren zu bieten.

tredition wurde mit der Erkenntnis gegründet, dass nur etwa jedes 200. bei Verlagen eingereichte Manuskript veröffentlicht wird. Dabei hat jedes Buch seinen Markt, also seine Leser. tredition sorgt dafür, dass für jedes Buch die Leserschaft auch erreicht wird

Autoren können das einzigartige Literatur-Netzwerk von tredition nutzen. Hier bieten zahlreiche Literatur-Partner (das sind Lektoren, Übersetzer, Hörbuchsprecher und Illustratoren) ihre

Dienstleistung an, um Manuskripte zu verbessern oder die Vielfalt zu erhöhen. Autoren vereinbaren unabhängig von tredition mit Literatur-Partnern die Konditionen ihrer Zusammenarbeit und können gemeinsam am Erfolg des Buches partizipieren.

Das gesamte Verlagsprogramm von tredition ist bei allen stationären Buchhandlungen und Online-Buchhändlern wie z.B. Amazon erhältlich. e-Books stehen bei den führenden Online-Portalen (z.B. iBookstore von Apple) zum Verkauf.

Seit 2009 bietet tredition sein Verlagskonzept auch als sogenanntes "White-Label" an. Das bedeutet, dass andere Personen oder Institutionen risikofrei und unkompliziert selbst zum Herausgeber von Büchern und Buchreihen unter eigener Marke werden können.

Mittlerweile zählen zahlreiche renommierte Unternehmen, Zeitschriften-, Zeitungs- und Buchverlage, Universitäten, Forschungseinrichtungen, Unternehmensberatungen zu den Kunden von tredition. Unter www.tredition-corporate.de bietet tredition vielfältige weitere Verlagsleistungen speziell für Geschäftskunden an.

tredition wurde mit mehreren Innovationsprei-sen ausgezeichnet, u.a. Webfuture Award und In-novationspreis der Buch-Digitale.

tredition ist Mitglied im Börsenverein des Deut-schen Buchhandels.

MIX

Papier | Fördert
gute Waldnutzung

FSC® C083411

Zeitfracht Medien GmbH
Ferdinand-Jühlke-Straße 7
99095 Erfurt, Deutschland
produktsicherheit@kolibri360.de